亲疼

JINTENG

王学武 ◎ 著

姚科　朗诵（《亲疼》节选）

北京大学出版社

PEKING UNIVERSITY PRESS

图书在版编目（CIP）数据

亲疼 / 王学武著. —北京：北京大学出版社，2012.10

ISBN 978-7-301-21346-9

Ⅰ. 亲…　Ⅱ. 王…　Ⅲ. 散文集－中国－当代　Ⅳ. ①I267

中国版本图书馆CIP数据核字（2012）第236453号

书　　　名：亲疼
著作责任者：王学武　著
责 任 编 辑：邓晓霞
标 准 书 号：ISBN 978-7-301-21346-9/I · 2519
出 版 发 行：北京大学出版社
地　　　址：北京市海淀区成府路205号　100871
网　　　址：http://www.pup.cn
电 子 信 箱：zpup@pup.pku.edu.cn
电　　　话：邮购部 62752015　　　　发行部 62750672
　　　　　　 出版部 62754962　　　　编辑部 62767349
印 刷 者：北京鑫海金澳胶印有限公司
经 销 者：新华书店
　　　　　 787毫米 × 980毫米　 16开本　 8.25印张　 128千字
　　　　　 2012年10月第1版　　 2012年10月第1次印刷
印　　数：1—8000册
定　　价：28.00元（配朗诵CD）

目录

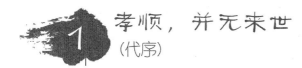

孝顺，并无来世
（代序）

世间最难写的文字，莫过于写父亲母亲。

说难写，是因为我们习惯了父母的呵护，几乎麻木了父亲母亲为我们的付出。因为太亲近，所以总是疏忽父母内心的在意、承受和担当。因为要抚养孩子长大，忙于生计的父母，时常顾不上自己的头疼脑热，在贫穷的年代，常常扛一扛、发发汗，肚子不舒服时吃点胃药也就挺过去了。而当我们长大，在外成家立业时，父亲母亲又怕子女担心，生了病依然不主动告诉我们哪儿不舒服，偶尔去医院看一下，吃点药对付。

做梦也没想到，前不久左腿摔伤，静养后还只能勉强下地的母亲，会因肝腹水和胰腺出现严重问题而住院。坚强一辈子、从不喊疼痛的母亲，这回疼得有点受不住了。老家医院专家会诊明确诊断了病情并得到北京专家朋友诊断结果印证后，我不敢相信这是真的，多么希望只是误诊。因为母亲的病情和年岁，为减轻老人的痛苦，专家建议保守治疗，现实能做的是尽量减轻痛苦、增强老人的免疫力。得到明确的消息时，脑袋发紧的我，深感生命的脆弱和无助。

母亲属兔，周岁73，按老家习惯算，虚岁74，本该是享福的年纪，却不幸得了重病。当专家告诉我这个病会特别疼痛时，我的泪水止不住流淌下来——为母亲的病痛揪心，为母亲要承受的折磨难过。

母亲不识字，但极明事理。从来不抱怨生活，无论生活怎样艰辛，她都相信日子会好起来。这次生病，当病痛稍有缓解时，母亲就相信一定能好起来。在母亲病房，控制着不掉眼泪的我悄悄跟她说，"医生是不是没告诉你，不光是胃炎，还有很重的胰腺炎？你肚子里有很多细菌，需要两三个月才能逼退它们呢。"捏捏母亲的胳膊问，"你觉得自己好不好得起来？"母亲笑着回答"只要不痛，就好得起来"。"只要你自己认为能好起来，就一定能好起来"，我以此作为"信心"的同义词鼓励母亲，并握着她的手说，"出力些（加油），争口气就会逼退细菌"，用这句话来代替"奇迹"，鼓励母亲加油。

母亲病了，我一直在想，除了跟医护人员沟通治疗方案，除了多陪母亲说说话，还能做点什么。当从未看过儿子写的文字

孝顺，并无来世

的母亲，在病床看中央人民广播电台《中国之声》主持人朗诵《母亲，随身手机唯接听》的博文视频后自语，"那么小的事情都记得啊！"我坚定了以最快速度将写父亲母亲的博文编辑成册的想法。

博文成书，不是简单送给不识字的母亲一份礼物，而是对母亲的一份敬重。在微博征询好友对博文集名字的意见时，《父母在，家便安好》、《其实我并不孝顺》、《亲情无华》、《母亲，随身手机唯接听》、《孝顺，并无来世》、《亲疼》、《不老的心港》、《我们遗落了多少亲情》等，每一个书名都得到了好友不同角度的鼓励和指正，学武心存感激。

亲情无华，孝顺并无来世。我们从母亲孕育生命的疼痛中来到世界，但总有一天，我们会拉不住老人的手，无助地看着至亲离开这个世界。

亲疼，是至亲一生对我们的心疼，而我们总是未能更好地心疼我们的至亲。

2 给母亲一个惊喜

　　大概十几年前开始，几乎每次回老家，我事先都不告诉父亲母亲，不论春节还是平时出差顺道或者特意回去。不告诉父亲母亲，一是免得他们着急和担心路上的安全，一是希望给老人一个惊喜。

　　那年南方雪灾，我已经确定不回家过年，但还是每天关注雪灾报道的情况。当看到雪灾减弱、交通状况好转时，临时托朋友买了火车票，毫不犹豫地带着家人回千岛湖老家。因为雪灾，高速公路关闭，接我们的师傅小心翼翼地走在冰冻的省道上，不少路段只能以10—15迈甚至更慢的速度前行，不敢踩刹车也不敢打轮。一路紧张的我们，大年二十九下午终于到了家门口，叫了声"叔（老家话父亲的一种叫法）"和"姆（母亲的一种叫法）"。惊讶的父亲憨憨地笑着，母亲微笑着说了句："不是说好下雪不回来了吗，"母亲的眼里闪着泪花。

　　是的，这么多年我常常在回家的事上"变卦"，往往说好不回去，不知触动哪根神经，就会莫名其妙地奔向养育我近二十年的家。2010年父亲辞世，我赶回去待了几天，说好父亲满七时不回了，但到那天还是火急火燎地赶回了家。父亲辞世时未能见父亲最后一面，深怀愧疚的我，不想让母亲再过于伤感。那天，同学直接到杭州机场接我回村里，沙哑着嗓子的母亲看到我时吃惊地叫了句："宝宝婴（土话，老家农村妇女喊出生不久或几岁的孩子的一种叫法），你怎么回来了。"我轻轻地拍拍母亲的肩膀，"父亲满七，不可以不回来。"说完很快转过身去。

回家不打招呼，也有扑空的时候。1999年，出差到安徽，临时绕道回家看看，事先也没告诉父母。结果到家时，大门锁着。当我们调头走了快二里地，路上恰好遇到从外面回来的母亲。

一直相信，与母亲是一生的缘，只要你心到，母亲永远在那里等你。上周五晚九点多，我在北京西单民航售票处附近办事，顺便问了第二天早晨飞杭州的航班。正好有早八点航班而且是五折的机票，没有太多犹豫就买了。母亲老是牙疼，有时疼得半个脸都肿了，受了几个月折磨。在我的劝说下，她才去看牙，最后基本都拔了换了，我很想回去看看母亲现在的状态。第二天下午三点半，我突然在家门口招呼在房顶平台晒东西的母亲时，老人不敢相信，一时不知道说啥。"刚才电话还没说要回"，话语里有点"责怪"，但能感觉母亲内心的高兴。看我突然回家，老人不知道要给点啥好，满满的一筒新腌的菜管，按了又按，让我带回北京。换了新牙的母亲的状态比我想象的好，老人连衣服也没来得及换，就被我们接到千岛湖一起待了两天。

常常不承认给母亲惊喜，却总是不自觉地这么做。这一次周末临时回家，应该感谢在一家省电台任副总监的博友的嘱咐。11月8日，博友在微博私信告诉，录制了博文《母亲，苦乐乾坤》，并嘱咐"请放给母亲听"，我回复了两个字，"一定"。

从上学到工作，从写给家里的信到所谓的作品，母亲没看过我写的一个字。给母亲"听"关于她的文字，博友的话触动了我。在老家，我打开电脑，母亲静静地听着带回去的音频——中央人民广播电台播出的博文《人生中有多少个第一次的记忆，幸福感就会有多强》、那位省台的朋友帮录制的《母亲，苦乐乾坤》。"你怎么还记着这么多以前的事"，母亲像是自语又像对我说，"想起以前的日子，眼泪都要下来"。那一刻，我的内心涌起从未有过的，母亲头一次"听"到为她而写的文字带来的感动，忽然感觉世上的文字原来有两种——写出的心灵表达，还有"听"到的心灵相通。

给母亲一份惊喜吧，因为无论你做多少，都远不及母亲为儿女的付出；无论你写多少文字，也远不是母亲的全部。

网友评论

▶ 门贺丰
美丽的变卦，幸福的惊喜！

▶ 舒子原
妈妈是棵永不老去的树，永远给子女最深情的呵护。孝在当下，孝行永远。这是福德，这是生命的缘。

▶ xuzhigang
最纯朴的母爱，最孝顺的游子。给母亲一份惊喜，这是对所有子女共同的呼唤。今天你给母亲送惊喜了吗？

▶ 李明瑜
父母在哪儿，哪儿就变成磁铁中心。越是没有文化的父母，疼爱子女的心越纯朴，单纯得让人心疼。养儿方知父母恩，不体会当父母的苦，无以知父母的恩深如海。

▶ zhangchao
给母亲最大的惊喜，莫过于当母亲打开家门的那一瞬间听见一声："妈！我回来了！"

3 父亲的剃头情结

　　一把剪刀、一把剃头刀、一把残缺了牙的月牙形老式梳子，是父亲中年时为孩子或偶尔给邻里理发的工具。这么多年，一直未能忘却父亲为我们理发的情形，是记忆里父亲为我们理完发后的心满意足。

　　在老家，理发俗称剃头。父亲为我们剃头频繁的时光，是农村土地还未分到户的岁月。那时集体劳动，父亲常利用中午收工在家休息的时间剃头。剃头刀，是父亲从当时走街串巷的货郎担上买的，大概一块多钱一把。理发的剪刀，跟裁缝师傅用的裁布剪刀差不多大，是请村里的铁匠上门打的。打剪刀，比打锄头要费事，所以一把剪刀，铁匠要单算半天工夫钱。父亲一直想有把推子（老家话叫洋剪），那时需三五块钱，家里舍不得，也没条件买。

　　父亲用剪刀给人剪发，整整齐齐的，显不出层次。用剃头刀给人剃发根，自然是干净有余，但没有渐进的观感。因为剪得整齐，头顶上的头发长而两边直上直下被剃干净，被人戏称"汤瓶盖"。汤瓶，是老家炖菜的砂锅，盖在汤瓶上的盖子大多是方形或长方形。因为家里贫穷，我们心里虽不喜欢汤瓶盖，不太乐意父亲给剃头，但嘴上总是不好意思说。年少的我偶尔能到同村有推子的名字叫三佬的业余理发师傅那儿去理一次发，其实也就一毛钱，但最最开心的是改变了汤瓶盖头型而自觉洋气了几分。记得三佬还会用剃头刀在你耳朵里灵巧地转半天，痒兮兮麻嗖嗖柔软的被电的感觉。我至今都未能忘掉三佬用剃头刀清理耳朵里汗毛的麻利。

上高中后便未再让父亲理过发，可父亲喜欢推子羡慕推子的神情，却总是在我的脑海里闪现。父亲喜欢给人剃头，曾经想贴补点家用，但手艺远不如他自豪一生的做石磅技术，剃头并没有挣过一分钱，所以也就只能作为业余爱好。每次有邻里为了省钱而让父亲给剃头时，父亲很是开心。父亲的爱面子，体现在有面子。做石磅是父亲一生的自豪，而理发，父亲也认为自己是有技术的，只是工具不行。父亲在意的面子，是那种做了事别人随时能看到并受称赞的得意——"这个磅，是安川应槐师傅做的"，"这幢房的屋基是王师傅填的"，每每听到这样的话，父亲觉得很是有面子。给人剃头，在父亲的潜意识里，也应是别人看得见的有面子的活儿，那种别人问起"谁给剃的头？"听见邻里说"应槐剃的"时候的快乐，所以常常乐此不疲。父亲想有把推子，希望有了像样的工具后可以给人剃得更好的愿望，印刻在我的记忆深处。大学毕业工作后，我曾经问过父亲还想不想要推子，父亲说"算了，大家都去店里剃头了，用处也不大。"我也就没再往心里去，但父亲的剃头情结其实并未淡却。

父亲上了年纪后，没再给人剃过头，但老人晚年越来越愿意到邻村的小理发店让人理发。每隔一个月左右，父亲就会让不会骑自行车，晚年却无师自通学会骑三轮的母亲，带他去小店。母亲拉着他，父亲坐在三轮车里的小凳子上，很是惬意地跟过路的熟人打招呼。别人问："干吗去？"，父亲会大声地说："去剃一下头。"那神情如过节。小店理发，数年里从一块五、两块涨到了三块一次。父亲岁数大了去理发的次数也就没有以前那么频繁，但每次理完发，总是习惯地问母亲去不去吃馄饨？"我去吃馄饨了。"父亲颇有优越感地在旁边的小吃店招待自己，有时会煮几片油豆腐。去理发的那一天，父亲会踏实而轻松。

很多年里，始终没明白干了一辈子农活、做了多年石磅、双手长满老茧的父亲为啥喜欢给人剃头，晚年还极愿意让母亲骑三轮拉他去小店理发。曾以为父亲给人剃头是爱好，或者在那个艰苦的岁月想贴补点家用，但早已不给人剃头的父亲年岁增大身体变差后，到辞世前的几个月，依然喜欢到店里理发，才使我慢慢领悟到，给人剃头是父亲的享受，是有面子的营造生活；而晚年到店里让人理发，是老人享受条件变好后生活的体面。

无论贫穷还是富有，每个人都可以以自己的方式营造生活、享受快乐。快乐和幸福，与贫穷或者富有，并不一定成正比。未能给父亲买推子，是此生的愧疚，但父亲的剃头情结，不经意间促使我形成喜欢理发的习惯，带给我生活的享受。工作后这么多年里，一般相隔二十天左右，自觉不自觉我就会去理发店理一次发。理发于我，喜欢的是理发师用推子推头发、用推子扫边时麻嗖嗖的触感和因此的催眠般的身心放松。

每次理发，总会想起父亲为我理发的情形。

网友评论

▷ 郭洪钧culture

我们的父亲一辈子所担承的也许不难而喻，肩膀头上永远担承的不仅是传宗接代或光宗耀祖的命责，实实在在的生活维持过程其实充满艰辛。但对于父亲一生的深度解读的确又是让我们这些做儿女的困惑和不解，心有千千结，或许只能等我们老到如同父辈一般才能觅得正确答案？

▷ 陈凌燕

他们是懂得生活真谛的一代人，在他们不紧不慢的人生里，经历了太多换成我们将无法承受的东西，也拥有更多关于实质的敏锐。

▷ 艾素

有礼有面有哲学的老父亲。其实生活就是这样，忙碌着，享受着，只为了一份心情和心意。向学武请教：做了多年石磅，这是一个什么工作？

▷ 汉安某

之前看过一句话，大意是：一个人离开后，只要被另一个人深深怀念着，就成了永恒。是王老师的深切怀念，成就了您父亲的永恒。同时，通过文字表达出来，让更多的人感受到了浓浓的父子亲情，更在不经意间提醒着我们要珍惜这跟父母一生只有一次的缘分。

▷ 主持人楚萱

每一种生活方式都值得尊重，平凡的人给我们最多感动。

▷ Laker321

父爱如山，能读懂父爱这本书更需要阅历的打磨和时间的体味，向大哥学习，好好营造生活！

4 想买双高筒雨鞋

一直想买双高筒雨鞋，下雨天穿着雨鞋无所顾忌蹚水过马路。每次下雨，我都会这么想，可这么多年一直未能如愿。在北京生活，下雨的日子比老家千岛湖小山村少得多，而穿着高筒雨鞋去单位上班又似乎不合时宜，但每次在街上看到别人穿雨鞋干活，总会不自觉地驻足……

高筒雨鞋，是老家安川生活带给我的情结。安川是典型的江南小山村，一年雨水不断，尤其从二三月份开始到夏天，下雨是常事。我初中毕业回家务农那会儿，遇到下雨天到地里或田里干活，一般都是光着脚丫。父亲用稻草编制的草鞋，经常穿着穿着就坏了，而偶尔穿的胶鞋是舍不得淋湿的。不论砍柴还是割草，也不论是插秧还是除草，下雨天赤脚干活是习惯也是自然。在水田干活，挽着裤腿踩在烂泥里，常有蚂蟥叮进小腿的危险。不小心蚂蟥叮进去时，大人们一边让紧张之极的我们不要紧张，一边很有经验地从抽旱烟的烟筒脑（装烟丝用的鱼脑状烟斗）里抠出点带烟油的烟丝，按在蚂蟥钻进去的地方，不一会儿蚂蟥会被迅速地熏出来。大人们说，千万不能去揪蚂蟥，断在里面，就麻烦了。那个时候，十几岁的我心里想，能有双高筒雨鞋干活儿该多好啊。

母亲一辈子买过三双高筒雨鞋，第一双应该是上世纪八十年代后期，家里养了两只母猪下小猪卖，条件稍好后买的。母亲说当时买一双要十四块钱，绿色高筒，与我妹妹合着穿。那双雨鞋穿了好几年，穿得实在不能再补时，用旧鞋到货郎担上换了个灯泡。父亲买的第一双也是唯一一双平膝的高筒雨鞋，应是上世纪九十年代家里生活条件好转时，十八块钱买来的。父亲有些夸张，只要下雨就不无显摆地穿着。后来父亲身体不好，不怎么下地了，雨鞋也一直放着。父亲去世两年后，母亲用它换了个不锈钢脸盆。母亲更多的是穿低筒雨鞋，大概是六七块钱一双，这一辈子已经穿坏了七八双。数年后村里人插秧时，穿一种皮制的种田袜，比雨鞋方便，还能防蚂蟥。

高筒雨鞋，如今已演绎为各种款式的雨靴，时尚在人们的生活，但曾经颜色单调、式样呆板的雨鞋，却是那个年代家庭条件好的象征和生活绚丽的标识。于我，记忆最深的是土地分到户前，地里干活收工后年轻人一起赶到别的村去看电影。碰上下雨天，回家的青石板路上漆黑漆黑，高一脚低一脚，拿着手电筒穿着高筒雨鞋的小伙子，被伙伴们追随着很是神气。那个时候，我想，将来有一天，等有了钱，一定买一双比你高一倍的雨鞋，再买一个可以装四节电池、能照二里地的手电，让你们都跟在我的后面。

对高筒雨鞋的羡慕，已经淡却在那个时代过来人的记忆里。如今在老家，除非干活非穿不可，村里人大多喜欢穿皮鞋出门或讲究穿舒适、干活方便的鞋子，但高筒雨鞋——年少时的向往，却一直美好在我的内心。

买得起雨鞋，有鞋穿，便风雨无阻，让我踏实在人生的每段旅程，一如青石板路上的手电情结，照亮了一辈子的心路……

网友评论

▷ 冰雪佳人

我小时候也穿过长筒雨靴，记得第一双雨靴是红色的，很漂亮。那时候总是盼望着下雨，为得是显摆显摆漂亮的雨靴。那个年代的记忆好美。

▷ louchunrong

心烦中，正想着周末回趟家。看到王老师的文章，似回家一趟，心安宁许多。

▷ 孙小顺的微博

在北方，我小的时候在雨季不咋穿雨靴，都是在春季冰雪融化时穿。那会儿，一个冬天的雪积攒得厚厚的，一到开春路上就像河一样，并且水很凉，只能穿雨靴。

▷ 王学武

有老家好友看博后讲了一亲身经历：初中一同学，其父是当地供销社主任。一天，神秘凑耳边，"我买了双高筒雨鞋"。结果一月无雨，忽一晚夜半，寝室外传来哧吭哧吭声，睡眼张望，是同学在高筒踱步。捂被窃笑。

 蒸饭那些日子

有点年纪、读中学时住过校，或者在城里搞过副业（做民工）的朋友，大多有过自己蒸饭的经历。

用饭盒蒸饭，水多了不行，水放少了也不行。水多了，蒸出的饭容易成又软又稀的烂污饭，吃了不顶饿；水少了，蒸出的饭太硬，难以下咽。蒸饭，大概需放比饭盒里的米的高度略少的水，蒸出的饭软硬适中，而最好吃的是生产队新分的谷子加工的新米蒸的饭，闻起来吃起来都特别香。

上世纪七八十年代，能有米蒸饭，属很美的日子，是住校的农村孩子的享受。从家里背了用竹筒盛的炒得干干的梅干菜，或者用辣酱炒的萝卜干，条件好些的是辣酱炒豆腐干，有的干脆整罐子装了熬熟的辣酱，再从家里一次挑二三十斤米到学校，这会让农村的孩子在学校里踏实一个多月。每顿饭，几乎都是用杯状小筒盛米蒸饭。后来直接用手熟练地几乎等量地抓一两把米，与小筒盛出的分量相差无几。我们农村孩子的饭菜缺油水，每天都能吃一斤多米。为省事，家里有时也用大豆去换周转粮票，让孩子到学校附近的粮店去买米。我记得周转粮票是一百斤米十六

块，而居民户的定额粮票买米是一百斤十三块六。羡慕城里人吃豆浆油条的我，好几次把父母给的买米钱，偷偷地少买几斤，用节约的米钱去吃豆浆、油条，而到月底没有了米蒸饭，不得不到要好的同学那儿去蹭。至今难忘曾数次到梦建兄那儿去蹭米、蹭辣酱。现在回想起来，不知那样的日子是怎样熬过来的。

吃饭，很多年里在老家专指吃米饭，有时还会强调地说吃白米饭。城里说的吃饭，是统称，而老家有吃饭、吃馍、吃面、吃粥、吃汤之分。吃饭，一定是指吃米饭。老家属山区，人多地少，又多是山地，能种稻子的水田占土地面积不到十分之一。当时的主食为玉米、小麦、番薯等。那个年代，家里只要有孩子在外面读书或者有亲人在外面搞副业，总是想办法节约了大米留给他们。除了过年或夏收农忙，平素日子大部分家庭都舍不得吃米饭。夏收季节，中午做饭时，一大锅水，放入定量的大米后，煮到六七成熟时，用笊篱把米饭捞到饭甑（zèng）里。饭甑，是用杉木制成的专门盛米饭的桶形炊具，饭甑外面用竹篾辫子一样箍紧。饭甑有屉子而无底，屉上有三条可透气的小槽，有的人家干脆打几个眼儿。捞了饭的锅里，米粒已经很少，但米汤飘香。母亲会往里煮进番薯或北瓜（北方叫南瓜），有时会用赤粉（比标准面粉还要黑的麦粉）与苞芦粉（玉米粉）混在一起捏成一个个小圆馍煮进去。为了充饥，母亲还用生产队分来的炸油后的豆渣与赤粉揉在一起做成小圆馍煮进去，闻起来很香，但吃起来口感糙。捞出的米饭，一般是晚上从地里干活回来后，把饭甑放到锅里蒸一下，就着干煸的辣椒吃，这也算是农忙季节对一天辛苦的犒劳。当然，也有例外，如果下午三点后去干体力活，母亲也准许我们吃碗米饭。我们常常很懂事并有保留地吃大半碗米饭，然后头顶烈日去砍柴或去割稻子。吃米饭，是年少的我们向往的美滋滋的生活。为了吃米饭，可以干最苦的活儿。

而在学校蒸饭时，学生们大都有两个饭盒，蒸熟的拿出来，下一顿的饭盒放进去。吃饭时间，所有的住校生一窝蜂地涌向食堂外面一排排硕大的方形蒸笼边，大家熟练地从标着年级和班级的蒸笼里认出自己的饭盒，再淘好了米将下一餐的饭盒放进空着的蒸笼。取饭时，也有张冠李戴的时候，饭盒搞丢或搞错，那一天会很是郁闷。为防止搞错，我们便在自己的饭盒盖上刻上自己的名字或拼音代号。与蒸饭相伴留在记忆里的，是用饭盒蒸梅干菜。家里带的炒熟的腌菜吃完了，不少同学便用饭盒蒸梅干菜。你打开饭盒盖时有一种特殊的干菜香，第一顿会吃得回肠荡气，连吃三餐，就会倒胃口，没油也没啥佐料的干菜蒸着吃，与铁锅炒的菜实在无法比。这样的时刻，家在县城的同学首红便总是好心地让我把梅干菜带到他们家里，首红的母亲便用当时并不富余的菜油给我们炒菜。这份恩情，今生难忘。

与学生不同的蒸饭，是到县城做民工搞副业的生活。小工程队里一般会有一个兼职蒸饭的伙头。几十个民工，在搭了架子的大铁锅里一层层的码好饭盒，兼职做饭的每天提前一个半小时给大家蒸饭。收工时，有的民工偶尔会买点散装烧酒，条件好的还会买点猪心猪血之类的炖在一起打平伙。打平伙的日子，是大人们的开心时光。

于我，未中断一天的蒸饭日子，是三年的高中时光。初中时，因哥哥住校，家里的大米只能保证哥哥蒸饭。比哥哥低一个年级的我，很是羡慕哥哥有白米饭吃。务了一段时间农，当我再去读书，家里也想方设法尽量保证我有米蒸饭。蒸饭，是那个时代有品质的生活，尽管后来的学子们直接从食堂买饭，不再需要自己蒸饭。即便在外做民工，也少见了自己蒸饭。你可以随处看到民工用餐时，吃着买来的米饭或白白的富强粉馒头。然而，每次吃米饭时，我还是会不自觉想起蒸饭的日子，想起盛着内心向往的饭盒。如今看到绚丽多样的饭盒，依然会觉得，伴自己走过难忘日子的洋铁皮饭盒的亲切，尽管那样的饭盒早已被各色不锈钢饭盒所取代。

吃米饭，是那个年代幸福生活的标志。有意思的是，那时农村的孩子们愿意生病，因为生病可以吃到父母专门用汤瓶（砂锅）给炖的白米饭或白米粥。更开心的是，母亲还放点油和盐拌在里面，做成油盐饭或油盐粥。蒸饭，于来自山村的我，记忆犹新的是打开饭盒盖时的热气腾腾和热气里承载的向往——什么时候能天天有米饭吃，什么时候可以有定额粮票，什么时候可以拿着饭票菜票，像老师、像城里工人一样，拿几个盘子到食堂排队打饭。而沉淀于心的饭盒，带给我的是一生对庄稼的敬畏，对粮食的尊崇，以至于回老家走亲戚，当想不好送什么礼物时，时常会送一袋大米或者富强粉，尽管现在的亲友并不缺粮食，也未必当回事……

有米蒸饭，有米饭吃，在那个快乐未被污染的年代，是农村人不辞辛苦操持日子的生活意义本身，也是年少的我们被父辈寄予的奋斗方向。几十年过去了，人们已很难见到那种易锈易损的洋铁皮饭盒和铝制饭盒。如今人们做饭大多用上了电饭煲或者高压锅，学生住校或农村人进城务工已不再自己蒸饭。你越来越体味到，淘米工具和家庭做饭工具的变化，实质是淘生活的方式在变。

人们的生活品质越来越提升，但某种东西却正在我们的生命里丢失。幸福，原可以因简单而醇美；快乐，本可以因纯粹而自得。

网友评论

亲疼

▷ 炮筒子

　　很真实!那个年代伴随千岛湖的很多孩子读完中学六年的就是梅干菜辣酱和蒸饭。偶尔弄点咸肉蒸黄豆和同学一起共享算是改善伙食了。一个月连续吃这些确实不堪回首,可现在如果有一个月没吃梅干菜辣酱却又心向往之。饭甑里的米饭我觉得是最好吃的,香啊!直到现在每次回家,母亲必拿出平时很少用的饭甑做饭。

▷ 兴奋的石头

　　吃饭,专指吃米饭,这个我表示很常见,尤其常见于两广。作为北方人,跟他们咬文嚼字往往处于被围攻的状态……

▷ 段郎说事

　　我读中学时也是蒸饭,不过,我饭盒里常只有一个红薯,外加数得着的大米,上课时饿得趴在桌子上。

▷ 出版人牧原

　　有些特别的称呼属于那个艰苦的年代,有些特殊的幸福同样属于那个艰苦的年代。只有经历的人才有深深的体味。

▷ William_VBM

　　把米饭吃到〝回肠荡气〞,是那个特殊年代的特殊记忆。多年以后,要寻找那种新米饭的感觉,已然不可得。

6 父亲的胡琴

"阿爸那把胡琴在手里拉，沧桑刻上他的脸颊。小时候我问他高原有多大，他说也没见过布达拉……"，每次听白玛多吉唱的《阿爸》，父亲晚年拉胡琴的情形总会浮现在眼前。

没多少音乐细胞，不识字更不识谱的父亲，一生却有过三把胡琴，其中两把都是自己动手做成——买一块多钱一根的琴弦，再找来竹子和乌蛇皮自己幔。上世纪七十年代做的那把，因家里老房子失火被烧。九十年代幔的一把，父亲珍藏到辞世。还有一把，是十多年前妹妹花十五块从小镇上买的，父亲辞世前几个月身体渐差不再拉胡琴时，半卖半送地给了一个远房亲戚。

记忆里，父亲拉胡琴的次数多起来，是十年前因为身体不好，很少去地里干活后。父亲喜欢在两个地方拉胡琴。一是喜欢坐在厨房边的坦里（专门晒粮食的平整而开阔的水泥地），上午太阳还不太晒或者太阳快下山时，父亲搬一条矮矮的木凳，面向家门口的大路煞有介事地自娱自乐。一是过年过节，家里来客人围着火炉烤火，父亲时常拉起胡琴。无论是在坦里还是在火炉边，父亲自己拉一曲或两曲后，总喜欢递给比他会拉胡琴的邻居，父亲看来这是一种礼让，也是一种求教。那动作特像土地分到户以前，几十个生产队员一起到远山的茶园或者苞芦山除草时的一个情景：中途歇息时男人们拿出竹制烟筒和旱烟袋，找两小块半透明的白色石头，再将草纸卷成细筒状放在其中一块石头上，噼啪噼啪两块石头撞击几下后，冒出火星点着了草纸，父亲熟练地从烟袋里捻一把烟丝塞进烟筒脑（装烟丝用的鱼脑状烟斗），然后用火边点烟丝边吸烟筒嘴，那神情有点像补充身体的元气，抽几口后父亲会在草鞋底下磕几下烟筒脑，把熄灭的烟丝磕出，再捻一把烟丝装进烟筒脑。父亲习惯地用手心擦一下烟筒嘴，递给身边的邻里。那种情形，这么多年过去我依然觉得是力量传递，是艰辛环境下男人间的彼此鼓励。

父亲倔强一辈子，拉胡琴时脾气却出奇地好。同样音乐细胞不多的我，似乎没听到过父亲拉完整的曲子。父亲拉胡琴时还时不时地揶揄他："真难听呢，像拉锯"，父亲却总是笑笑，"不行你来啊"，顽皮如小孩。父亲拉的最多的是老家的睦剧。懂胡琴的邻居王涛告诉我，父亲晚年喜欢拉的曲子是瞎子阿炳的《二泉映月》和京剧《苏三起解》，我很是诧异。在县城安了家的王涛每次回村看见父亲在坦里拉胡琴，总要跟父亲交流，并拉上两曲。堂哥学友却说，父亲并没有拉过太多的完整的曲子，只是一种消遣和开心。

的确，每个人都有唱给生命的歌，不论憧憬还是回味，都是流淌于心的音乐。无论你音乐天分高还是低，也不论旋律是快乐还是感伤、幸福还是心酸，唱给生命的歌都是内心最动人的。父亲拉胡琴，应是心有幸福的时光。友亲围着火炉跟父亲说话时，父亲有意无意聊得最多的是在县城搞副业做石磅。聊到高兴时，父亲会把挂墙上的胡琴拿下，也不管人家喜不喜欢听他的不成曲调，总是笑眯眯地来上几段，从这个曲跳到那个剧。这么多年过去，我似乎刚刚悟出，做磅或许是因此自豪的父亲内心的交响乐，做草鞋是作为农民家长的父亲的小提琴曲，绑笤帚是父亲心里的《二泉映月》，义务给人理发是父亲心里的睦剧，放鞭炮一定是父亲心里的乐鼓，而喝酒是父亲内心的作词作曲……

父亲不再拉胡琴，是辞世前的几个月。那时体质渐差的父亲，心里烦躁而常常喝酒。父亲将妹妹买的胡琴以十块钱卖给了邻村亲戚，父亲辞世那天我才知道。尽管父亲卖了胡琴，但自制那把胡琴却始终保存，如同尽管不怎么穿从北京给他邮去的休闲皮鞋，不怎么用寄给他的电动剃须刀，却珍惜有加。正因为如此，父亲辞世后，我们把父亲在意的几样东西小心翼翼放进父亲的墓，让父亲带到天堂。

　　父亲辞世两个月后，我让母亲找到了那位亲戚，赎回了与父亲相伴多年的胡琴。暖暖的阳光下，仿佛又看见父亲坐在小凳上拉胡琴……

网友评论

▶ 珍壶轩

　　读后，想起父亲习惯经常写写毛笔字。记忆的碎片往往铭刻在心底，每次回想，眼角有些湿润，心头暖暖的、酸酸的。对父亲的思念，这辈子不会淡去。

▶ 汉安某

　　无论你音乐天分高还是低，也不论旋律是快乐还是感伤、幸福还是心酸，唱出生命的歌都是内心的最动人。

　　其实每个人都在吟唱着专属于自己的生命之歌，不管是辽阔清亮还是哀婉忧伤，不管在旁人耳中听来如何，其中滋味，终究只有自己才能体会。

　　而王老师的生命之歌，因为有了父亲，自然地让我们这些旁人，听出了幸福的味道。而您父亲的生命之歌，想必也会因为您的存在，而生出了些欢快悠扬的旋律。

　　龙应台先生写过：我慢慢地、慢慢地了解到，所谓父女母子一场，只不过意味着，你和他的缘分就是今生今世不断地在目送他的背影渐行渐远。你站立在小路的这一端，看着他逐渐消失在小路转弯的地方，而且，他用背影默默告诉你：不必追。

　　我想，确实是不必追的。但在心里珍藏那份几十年的血脉亲情，才真正延续了生的意义。

▶ 一薰

　　少时不经意的音乐浸润里，记载着父子之间亲密的记忆。流年岁月里，这些看似浅浅却深深融入骨子里的情怀，何止只是记忆而已。感动。

▶ 黑白相识

父亲留在心里的是永不改变的，记忆随着时间越来越浓。

▶ lingzy

　　王学武老师的深情回忆，朴实流畅，让人感动，勾起我暖暖的、酸楚的记忆……

7 父亲，一生最倔是担当

做一个父亲，最难是担当，而最难的担当，是最难的日子里的生活担子肩上扛。

一直未能忘却，哥哥和我在村里读小学时，老师一次又一次在课堂上点着我们的名催交书费、学费，放学后脸红着几乎逃着回家的我，总是问父亲母亲要学费，而拿不出钱的父亲，常是一言不发，闷闷地抽着旱烟。

父母生了我们兄妹四个孩子，孩子多，缺劳动力，是当时的窘境。父亲体质不好，多年患胃病，四十岁时做过手术，因家里条件差，身体未能完全恢复，干农活还是受到影响。虽然母亲很要强很能干，但家里很多年里还是缺粮户——挣的工分不够分粮食所需，每年大概要欠生产队百八十元。为改善家境，会做石磅的父亲，不得不选择去县城搞副业（做民工）——自己找活儿做，每个月必须交给生产队30元，剩下的才能归自己。父亲寻到挖土方、做石磅等小工程后，组建临时小工程队当小包头。工程并不是随时都有，往往做了一个工程后，很长时间活儿接不上，但交给生产队的副业费不会因为你没活儿干就能减掉。所以好几年，缺粮户的我家，不仅欠了生产队分粮食的钱，还欠队里副业钱。因为交不了副业钱，生产队有时干脆扣罚粮食。

在县城搞副业，父亲因为不识字，管不了账，几乎每个工程下来自己都没啥结余。尽管常欠队里副业钱，父亲依然坚持搞副业，一是喜欢做磅，一是包到小工程后，可以预支二三十元，能应急贴补学费书费等家用。搞副业，做磅，是父亲一生的最自豪。

父亲一生做的最大的官是生产队副队长。大概1975年左右，身为副队长的父亲负责稻田放水。那年夏天天旱，父亲为了保障产量高的稻田用水，减少了山坳的几丘田的放水次数。因为天气太旱，那几丘田的水稻几乎没啥收成，大队书记专门到生产队开全体社员大会批判父亲，让他认错。父亲一言不出，最后被逼没辙，只说了一句"怎么罚都行"，就是不低头认错。

倔强的父亲，很少因为日子的艰苦而放弃对生活美好的向往。在只有一个鞭炮过年的年景，父亲依然天没亮放了鞭炮开了门后又回到床上睡觉。晚年身体虚弱步履蹒跚的父亲，在点燃鞭炮那一瞬间，神情坚定，动作变得麻利，忘掉了自己的年龄，一种岁月的升华、年的快乐，写在脸上。有一年回家过春节，我站在远处看父亲放鞭炮，明明看到点燃时鞭炮熏着了他的手，问有事没，老人用手蹭了蹭衣服，笑着说"没事没事"。我说"看见火炮呲到您手了"，父亲坚执着"没有没有"，那神情几分诡秘。

父亲一生很少说教，总是用行动说话。我曾经在一家人围着火炉烤火时，不经意触到那双帮我们整过柴担、做过草鞋的大

手。看着父亲两只手上布满的厚硬得发亮的老茧，眼前禁不住浮现出上世纪九十年代初，父亲因身体原因不再做磅，利用农闲绑笤帚挑到学校或供销社卖的情形。父亲砍来很多细竹枝扎扎实实地绑成竹丝笤帚，很受邻居和学校喜欢，最早卖五毛钱一把，后来一块五、二块一把，再后来卖到三块、三块五。有时父亲自己挑着笤帚去卖，绑得多时母亲便搭上别人拖拉机到位于虹桥头的中学去卖。卖了笤帚的日子是父亲开心的时刻。

连名字也不会写的父亲，不会讲大道理，极少教训我们如何做人，一生中有数几次的嘱咐我终生难忘。大学毕业来北京工作的前一天晚上，喝了点酒的父亲趁着酒劲说了句，工作了"做人要硬气"。"硬气"，老家话的意思是，正直、有骨气。父亲第二次告诉儿子"做人要硬气"，是三年前我打电话告诉老人，儿子因写了篇披露性报道而遭到诽谤，我让他别担心。父亲不识字，不懂普通话，我用方言说给他听，父亲用老家话再一次说了"做人要硬气"。正是因为记住父亲"做人要硬气"的嘱咐，经过了漫长的维权后，北京市一中院作出终审判决，侵害名誉权方被要求停止侵权、刊登致歉声明并赔礼道歉、赔偿精神损害抚慰金。2011年9月5日，海淀法院刊发《公告》，强制执行刊登终审判决书主要内容，维护了记者的尊严，为长达924天的维权路画上了句号。我很想告诉天堂的父亲，儿子做到了您说的"硬气"！

做磅是父亲一生的自豪和从容，做草鞋是父亲作为农民家长的基本功，绑笤帚是父亲无师自通的爱好。父亲一生有很多情结，没有推子但喜欢用剪刀义务给人理发，尽管剪的是具有那个时代特征的头型。放鞭炮，是父亲最开心的事。不成曲调地拉胡琴，是父亲晚年的消遣。喝酒，是父亲的最爱。

父亲晚年身体不好，我也不愿意他再干活，但父亲的口头禅还是，"如果我身体好，会有很多人请我去做磅，能赚钞票……"，那一刻，父亲眼神里会闪过一丝光亮，一种担当的自豪和对往事的回望。

清明将至，谨以此文献给天堂的父亲。

网友评论

▷ guoligyx

作为一家之主，忍辱负重，把所有辛苦一肩扛，带领这个家庭走过了最艰难的岁月。可敬的父亲！

▷ 汉安某

倔强地负担起生命的苦难和生活的困厄，并一一渡过，其实是一种自强不息的精神。希望倔强的老人家在天堂一切安好。

▷ 佳有小窝

值得尊敬的老人！做人要硬气，这是这个时代和我们常缺乏的，学习！

▷ ktgdj2011

做人要硬气，难能的品格，永远不向困难低头。

▷ guangxikobe

看着文章眼睛有点湿润了，那么感人。有些情节是那么相似！

8 借钱记忆

　　对农村生活曾经的艰辛的记忆，大多并不是因为干农活的艰苦，而是跟借钱（老家话通常说借钞票）的故事联系在一起。

　　我们家兄妹四个，年龄相差都是三四岁，哥哥和我读小学与初中时，只差一个年级。父亲虽有做石磅的手艺，但身体不好，也因为孩子多，家里常是生产队的"缺粮户"，欠生产队里钱。借钞票给孩子交书费学费，借钞票给父亲看病，房子失火后借钞票重新盖房子，曾是母亲不得不面对的难事。母亲为了还人钱，能想的办法都想遍。还人鸡蛋，有时借不到钞票给我们交书学费费，就问别人借鸡蛋拿到村里代销店兑换，等自己家的鸡下蛋后再还给人家。还人小猪，家里养了多年的母猪，总是借钞票后等着母猪下小猪后还给人家。还工夫，家里房子烧掉，在借不到钞票但又不得不雇人重新盖房时，母亲承诺还给人家工夫，等人家盖房子时自己去干相等时间的活儿。后来条件稍好时，直接还钱。

　　借钱于我，是铭刻在生命的记忆。因为房子被烧，家里借住在同村让成伯伯的房子。母亲下决心重新盖房，尽管要盖的新房只是泥墙屋。那年夏天，母亲让我到安徽歙县当工人的伯父家借钱，母亲希望能借到15块钱。长途跋涉到伯父家后，我把母亲的想法说了，伯父告诉说刚给女儿买了手表，没钱。第二天，给我买了回家的长途车票后，塞给了5块钱。下午四点，长途下车后已没有换乘的车，愣是跟着别人走了四五个小时的山间小路，后来借了手电回家，还生怕借来的钱丢掉。

也是那年，我跟大队书记和大队会计说好话（因为下半年我还得去县城读书），写了申请，开了贷款证明，希望能从公社信用社贷款15元。当我把盖了大队章的申请交到信用社，一位负责同志，很公事公办地让将申请放那儿，再无下文。那个时候，多么期望农村孩子读书能贷款啊。

亲疼

于我，不能忘却的为自己借钱是1982年的夏天，公社广播站通过村里高音喇叭通知上了大学分数线的学生去县城体检。很是兴奋的我，告诉母亲我自己去借"盘缠"——到县城单程船票七毛五。那一次，相处较好仅大十岁的叔辈邻居借给了2块钱。

因为路费，在四川上大学时，父母不是特别希望我每学期都回家。回家的路费一般不成问题，学校把七八月份的菜票饭票兑换成了现金和粮票发给我们。记得从成都到上海或到杭州，或者到老家相邻的岭后站，坐火车学生半票都是22元，但回校的路费让母亲头疼。大二暑假回家，临近开学，路费还没着落，心急如焚的我，硬着头皮向有点亲戚关系的初中同学的妹妹借了20元。

借钱，于父亲母亲，是借生活，借的是生活的延续；于我，借的是希望的支

撑。后来条件稍好后，母亲把所有欠人的钱都还了，但借钞票的痛和窘，不仅深刻在母亲的生命里，也烙印在我的记忆。正因为如此，毕业时我连一点考研的想法都没有，希望赶紧工作，尽快担当起改善家庭生活的重任；希望母亲不再有向别人借钞票的尴尬。后来很多年，我希望并保证父亲母亲兜里随时都有现钱，随时可以去买肉，随时可以去医院看病，希望喜欢到小店吃馄饨和茶鸡蛋的父亲，随时可以怡然自得地去享受与借钞票截然不同的感觉。

借钱，教会了我珍爱生活。感谢因为不知道母亲什么时候能还而没有借给母亲钱的邻里或友亲，他们让我懂得生活艰难时承诺可能会被质疑、信用可能会被打折扣，而在生活困苦时坚定信念、不管多难都必须兑现还人钱的承诺何其重要。也因为如此，我努力做到父亲在世时让老人别再为钱着急，用心确保健在的母亲，踏踏实实感受生活有保障的幸福。

感激曾借钱给母亲，借"盘缠"予我的好人，你们是我一生的温暖。借钱的记忆，让我倍觉不借钱的当下生活多么幸福。

网友评论

▷ 网站优化推广_晓唐
  "借钱，于父亲母亲，是借生活，借的是生活的延续，于我，借的是希望的支撑。"这样的回忆虽然很苦，但这是最好的动力。

▷ bjdx干部教育
  仍旧有第一遍看时的感受……真是没有理由不珍惜现在的好生活，知足常乐。

▷ 何忧之深
  我的心灵深处也有同样的记忆，我也是靠着父母一次又一次地借钱，供我读完小学、初中、高中。幸好有孝顺体贴的好哥哥，他参加工作以后就供我读大学、读研究生、读博。没有父母和哥哥的大力支持，我也不可能有现在幸福的生活。可惜的是我到现在都还没有能力去回报他们，每每想起都会很愧疚很痛恨自己！……

▷ 雨杭时间
  吃过日子的苦，才更能品出日子的甜。

▷ xian
  忆苦思甜，感恩，励志。

 9 其实我并不孝顺

很长很长一段时间，一直以为自己很孝顺。大学毕业工作后第一件事就是供弟弟读书，那时认为，供弟弟上学就是减轻家里负担，也是最实际的孝顺。

一直认为自己理解父母曾经的艰辛，尤其是母亲借钱供我们读书、辛辛苦苦养母猪卖小猪还账，以及家里房子烧掉后借钱重建家园的艰难，我也因此发誓要考上大学，改善家里的生活，绝不让父母再过贫穷的日子。弟弟毕业后，我便直接给家里寄钱，媳妇呢不仅给公公婆婆做裤子过年，还给他们织毛衣毛裤，再后来买保暖秋衣秋裤和鞋子等从北京寄去。生活改善后，母亲再也没有向别人借过钱。收到寄去的东西，父亲和母亲总是很高兴。

在老家淳安威坪农村，有肉吃，有皮鞋穿，有钱看病，曾是父辈理想的生活。当老人提一斤从小镇上买来的猪肉或拎着上镇医院看病后配的几副中药，或者穿着孩子给买的衣服和皮鞋，从村脚走到村头时，你能感觉老人的优越感和满足。当父亲母亲享有这样的生活，也能四季分明地穿衣服时，我的心里不无欣慰，欣慰父母总算没有白供孩子读书，欣慰自己铭记父母的不易。

一直觉得定期不定期地寄钱、寄衣服给父母，每天电话关心父母身体，过年时什么都安排好，就是孝顺。但是，去年父亲的离世，让我突然意识到，其实自己并不孝顺。父亲去世前三个月，喜欢喝酒的他变得有点酗酒，喝酒后喜欢找母亲的茬。身体虚弱的父亲抱怨说话没人听，但有亲友或邻居陪他说话时会好好的，啥事也没有。父亲一个人在家时，常独自喝酒喝得满脸通红。母亲从菜地回来，他会突然胡闹。母亲担心父亲酒喝多了身体吃不消，悄悄地把酒藏起来，外面只放一瓶两瓶。父亲知道后大发雷霆，把酒瓶摔到地上，母亲做的饭也不吃，有时成心倒在地上。闹得厉害时，七十六岁的父亲还爬上八仙桌，喊着向母亲要绳子上吊。我不但不理解老人，电话里还有些责怪父亲是不是忘了以前生活的苦。父亲去世前一个月，身体变得更差，无力再闹，母亲几乎寸步不离陪着，妹妹一家也赶过去照顾。那段时光，因家人陪在身边，父亲变得出奇地温软。当我得知这一切时，深深地觉得自己的不孝。

　　曾经以为，对父母生活上细心的照顾就是孝顺，直到父亲去世前，我才明白，老人在基本生活条件满足后，最在意的是要亲人"候住他"（被关注），说话"叫得应"（讲话管用，被尊重），有用处（被需要）。父亲最想要的是，不管你有没有出息，他说话你都不敢不听的满足。而做儿女的常犯的错误是，只希望父母吃完饭散散步，什么病也没有，啥事都不用他们操心，以为这样就是关心，而实际上有意无意把老人当成了"傻子"——疏忽了父母也是有思想的人，不管老人的思想多多传统或多不合时宜。

　　父亲辞世前的一个月，我越来越明白老人是因内心孤独产生焦躁——留恋生命又无可奈何地烦躁。老人在意自己的存在感（被关注）、角色感（被尊重）和价值感（被需要），虽然父亲从来没有这么说过。真正的孝顺，不止是简单问寒问暖，或者让父母当儿女的听众，更重要的是"衬娘姆老子说话（衬父亲母亲说话。衬，衬托，帮衬；娘姆，母亲；老子，父亲）"——用心找父母最愿意说最想说最有话说的话题，让父母多说话，多聆听父母的话，这是让老人最开心的孝道。

孝顺，不止是简单的赡养和顺从。孝道，是对老人身和心的同时在意，是对父母在意的在意。

网友评论

▶ 中国之声长悦

　　大城市的忙碌生活，往往让人无暇顾及家里的老人。常常连陪他们吃顿晚饭的工夫都会被繁忙的工作占据。每当那时，他们心里的失落在我心里都是无边的压力。

▶ 蓝波儿的角落

　　父母是家的根，我们都要连根养根啊。

▶ 燕小云

　　子欲养而亲不待，我们都经历过这样的苦痛。老话说，父母在，不远游，现代社会已经打破了这种传统，但常回家看看，常侍奉父母于榻前，并非不能做到。老人在，才是我们活着的动力和希望。我们终将亲人送走，然后等着亲人将我们送走，活着的时候尽可能多在一起，因为每见一面都会少一面。

▶ 西岭雪毛毛520

　　写得非常平实真切。的确如此，做子女的给予父母再多再好的物质条件，都不如多花时间陪伴他们，倾听他们的唠叨，感受他们的烦恼。每天能看到子女就是父母最感欣慰踏实的事。呼唤远住异乡的游子常回家看看，歌曲表达的也就是这个意思。祝好！

▶ 达者为师

　　百善孝为先。

10 锁边是范儿

早晨，给因左腿骨裂和脚踝拉伤，在哥哥家静养的母亲去电话。问老人，卧床数天是否换了衣服？母亲告诉，哥哥学平和我嫂子给新买了两身便于躺着的夏天衣服，已换洗几回了。母亲说，扭伤的脚踝在消肿，脚趾还没啥感觉，骨裂处仍不能动。语气里，不习惯卧床的母亲病情和心情见好。

穿新衣服、做新衣服，在母亲心里总有过节般的感觉。上世纪七十年代，裁缝师傅是村里最受尊重、最让孩子们喜欢的手艺人。孩子们喜欢的原因，一是可以有新衣服，二是请裁缝那天，家里的饭菜是最好的。我们村仅有两个裁缝，每年下半年，请裁缝到家里做衣服需要排队。条件好、付工钱及时且每次能连做两三天裁缝活儿的家庭，会被优先，而我家年景稍好时也只能做一天活儿，勉勉强强一人一套（件），且很难当天付工钱，因此总被排在别人家的空档，师傅什么时候有空了才会上家来，而且这也是很给母亲面子。即便这样，裁缝到家做活时，全家人都会兴高采烈。那个年代，师傅的工钱是一块三，后来是一块五，师徒加一起大概是三块钱。我们家总是到母猪下了小猪卖掉后才付裁缝工钱。当然，新做的衣服除了麻布衣服外，细布的必须等到过年才能穿。

请裁缝做衣服，绝大多数时候是为过年做准备，娶媳妇定亲的家庭例外。虽然一年或两年才能请一次裁缝，但每次裁缝到家做衣服，年少的我们总会不时在师傅身边转来转去，甚是好奇。看着师傅拿着尺子若有所思状后，拿剪刀果断地裁下一块块布时，很是佩服。而到了下午，当师傅上了裤腿或袖子，衣服成型后，我们心里总是痒痒地想试穿。平时穿麻布衣服干活的我们，看着细布衣服心里甜丝丝的。母亲总是精打细算，既省布票又省钱地盘算着买布，买布时希望可丁可卯，裁缝裁布时母亲期望一丁点小边条都不浪费。去买布时，母亲总是事先问了裁缝或跟供销社卖布的售货员探讨半天。当时供销社里的布料大概有青布（细布）、沙卡、的确良、咔叽、涤卡，青布的价格是三毛八一尺，纱卡四毛八或五毛一尺，咔叽布好像是六毛左右一尺，涤卡则贵到一块多一尺。我们家请裁缝做衣服，主要是青布和村里织布师傅织制的麻布。麻布衣服，硬硬的但耐磨，上山砍柴和上地里干活穿。青布衣服，褪色褪得厉害，穿到最后会变薄变白。上大学前，母亲挑麦秆到虹桥头码头卖了后给我买了两块沙卡布做裤子，那是我在老家做过的最高档的"料子"裤。

请裁缝做衣服，最深刻的记忆莫过于锁边。锁边，老家话叫拷边。这么多年，每当路过裁缝铺或到服装卖场，看到挂着的衣服和裤子，都会想起裁缝给我们做衣服时用的土法锁边。那个年代，我们从邻里穿的外面买的衣服上，看到锁过边的衣服的好看和熨帖、挺刮，不像不锁边的衣服，缝纫机轧过的布料间的衔接处毛里毛糙的。村里的师傅当时还没有锁边机，为让孩子们也有

亲疼

"锁边"裤的时髦，又考虑节约时间，师傅会在裤脚里边机器扎过的那一圈，用白色细棉线手工交叉着匀匀地再缝一圈，远看像机器锁的边。我们穿新裤子时也总是把裤腿挽起，露出底下锁的边。再后来，裁缝有了锁边机，但单锁边需要三毛钱一件。

再艰辛的岁月，也没能挡住农村人对生活的妆点。我们不仅说好话，让裁缝师傅手工给裤子锁边，买不起表的我们还常央求师傅在裤腰的右侧下面做个表兜。那个时候，裤子有没有表兜，是否锁边，是农村孩子衡量新裤子洋不洋气的标志。买不起表，小伙子们裤腰上便挂了一串钥匙、指甲刀和小剪刀之类，钥匙越多，钥匙串越大，显示家里越富有，家里房间多，在家、在生产队的地位越高，孩子们特别羡慕挂着大串钥匙在村里走动或在田里干活的大人。

锁边，老家话里的"拷边"，是曾经的村里人眼里的范儿，映射的是那个时代的大人和我们对美的追求，对时尚的向往和生活的装点。锁了边的裤子，镶嵌的是美好的期望，如同当时很是时髦地做假领子，日子虽清贫，但内心充满希望，溢满美的向往。我工作后的很多年里，每次回去总是愿意给外婆和父亲母亲买布料，布料自然比以前好了很多。在我毕业工作家里条件好转后，母亲也做过四五毛钱一尺的的确良衣服，再后来母亲不仅自己买布到店里做机器锁边的衣服，更多的是穿上了北京寄去的为父亲母亲做的锁了边的衣服。而我自己，这么多年一直未改喜欢穿锁了边并熨烫得笔挺笔挺的裤子的习惯。成家后的1989年夏，连电扇都没舍得买的我们，却倾其所有托人买了台锁边机。

锁边，那个年代的村里人对美的憧憬、对生活的妆点，一直是我心里的范儿。

网友评论

> shenjun747
>
> 兄长的美文让我重回请裁缝做衣服的那个年代。量好尺寸等待新衣制成的心情现在还记忆犹新。

> wxdsgb
>
> 一字一句欣赏着学武老弟的美文。脑海里出现了上世纪60年代中期父母给我们兄弟用海军呢大衣改制"新衣服"的情景。笔挺的西式呢制新衣裤，让孩童时代的我们兄弟很是"自傲"显摆了很久……感谢学武，让岁月留下的美好记忆重现。

> 汉安某
>
> 追求锁边范儿，其实是追求美、追求幸福生活的投射。王老师这篇文章让我觉得，人总该怀揣希望生活，哪怕当时条件艰辛。

> guoligyx
>
> 锁边对我来说不陌生。以前家里也有缝纫机，我还会使。但是只会简单的活计。锁边需要用一个专门的小零件，因此不会用。我反正是绝对做不了裁缝的，因此以前就很羡慕会使缝纫机做衣服的。如今岁月流逝，缝纫机好像是历史记忆了。王老师的博文唤回了我的记忆。

> 首尔黑哥
>
> 我所有的姐姐都会。不过锁边机和缝纫机可以兼容啊？原来都是我娘用手锁边，后来是我姐姐们！爱她们！

 皮鞋情

　　每次去鞋店买鞋，总会不自觉地想起第一次穿皮鞋、第一次买皮鞋、第一次给父母买皮鞋寄皮鞋的情景。

　　第一次穿皮鞋，是第一次初中毕业后。1976年，因当时推荐上高中制度而不得不辍学，年少的我一颗红心一种准备地回家务农，此后曾跟着父亲搞过副业（做民工）。在县城搞副业的日子里，晚上时常跟着年长于自己的同村人，到路边卖旧皮鞋的地摊看鞋面刷得三四成新，鞋底已经磨得薄薄光光的旧皮鞋。旧鞋的价格依鞋子旧的程度，大概是一块、一块五、两块、两块五或三块一双，超过三块的很少有人舍得买。雨后的一个傍晚，从工地回来后，我跟着几位大哥大姐又去看旧皮鞋。看上了一双小靴子，一问价格一块五，就跟父亲商量。父亲第一次看出我那么想要皮鞋，咬牙给买了下来。拿到鞋子后，心里别提多美了。正好赶上家里有事，父亲让我回村，尽管五六月份南方已经很热，我还是脚揣在靴子里，在村子里来回走着，那架势似乎在告示，"我也是穿皮鞋的人了"。因为那几天老是下雨，穿了四五天，鞋底脱落，鞋帮也坏了，舍不得地扔掉后，很有些悻悻然。

那个年代，穿皮鞋是有身份的象征，多是单位上班人的标志。每到周末，家在农村但自己在公社和县里当干部，或者在工厂当工人的单位上人，穿着皮鞋，骑着自行车穿过乡间小路，车把上再挂一斤刚剁（方言，买的意思）的猪肉，很是让田里干活的我们羡慕，那羡慕的神情里绝无嫉妒恨。当时的老家农村，穿草鞋、球鞋、皮鞋，代表了三种生活品质。三百六十五天穿草鞋上山干活的乡亲，要么是老实巴交的庄稼人，要么是家里条件很差的缺粮户。穿球鞋（胶鞋，当时的解放鞋）干活或者外出，一定是条件上好的人家。穿皮鞋是很多很多人的梦想，是要成为居民户的动力和标志，也是父母对孩子的希望。

因为运气，因为努力，穿着草鞋的母亲到公社中学求校长让我重新读书后，我真的考上了大学。去上学时，父亲和哥哥陪我在县城百货公司买了一双系带的皮鞋，猪皮的，记得是十一块两毛。第一次穿新皮鞋，那个兴奋至今记忆犹新。更高兴的是，自此再也不用母亲辛辛苦苦纳鞋底做鞋了。后来很多很多年，再也没有哪次买鞋超过第一次买新皮鞋的喜悦。

每一次买皮鞋，于我都是对曾经日子的一次回味，总会想起曾经的年代里，每年过年母亲都会给一家人做布鞋过年，那个

亲疼

时候如果有灯芯绒鞋面，一定是很有面子的年景。我在《温暖足底》的博文里，曾经这么写道，"每次进鞋店，总是记起母亲纳鞋底的情形，那带着细线在头发上滑针的动作，定格在我的内心"。也因为如此，上世纪九十年代起，我就决计给父母买皮鞋。记得第一次给父亲买皮鞋，是在当时的劳保用品店买的方方厚厚的劳保靴，工厂工人常发的那种福利鞋，但在我心里这样的鞋暖和、护脚，关键是结实。而当后来我自己习惯了穿休闲式的软皮鞋后，也给父亲买了一双从北京寄去，但是，父亲到去世前都没怎么穿。一是晚年体弱的老人嫌鞋子沉，系带麻烦，但更是因为舍不得，父亲只是来客人或过年时才穿一天半天。父亲去世后，作为老人生前喜欢的物件之一，我们把父亲舍不得穿的皮鞋小心翼翼地放进墓中，祈望父亲到天堂后还能穿。

与父亲不同，母亲年岁大后喜欢穿皮鞋。老人腰间盘突出做过手术，左腿有些萎缩，还怕冷，几乎每年我们都到店里给老人挑系带的软皮鞋和软和的冬天的靴子，从北京寄去。而穿了新鞋的母亲，在邻里间走动或者到镇上买东西，别人夸她的鞋子俏丽时，内心的幸福总会流露在脸上。"北京的儿子寄来的"，母亲常不无显摆地跟亲友或熟人说。

穿皮鞋，如今已是最寻常的寻常，却是那个年代里的梦想，是父母对孩子的厚望，也是父母对生活品质的最朴素理解。这一次母亲摔伤、左腿骨裂，我赶回老家，看着需卧床休息数月的老人时，内心很想很想告诉母亲，赶快好起来，等你康复，会挑更软和的皮鞋寄去，让你更显摆。

亲疼

网友评论

▷ 水草2012
鞋子的故事每个人都有，而你讲述的那么深那么深……

▷ 新浪网友
记得小时候，父亲从杭州回来给我们姐妹三各带了一双雨鞋，我们穿着满村跑，妹妹乐呵呵地告诉别人："我脚上穿的是杭州买来的皮鞋！" 以至到晴天都还套在脚上不肯脱！

▷ 陈警长第五巡逻车
我小时候第一次偷穿我妈妈的白色高跟鞋，呵呵，心里可美了，穿上后觉得自己像一个大人。长大了，我开始给妈妈买鞋了，这意味着，我要开始照顾妈妈了。看似简单而又平凡的小事，但这其中却包含了对家人的无尽的爱意！祝阿姨的腿早日康复！

▷ 汉安某
过去的拮据回忆，如今在王老师的文字下，似乎变得温暖而又美好。忆苦思甜，感受到的是脉脉温情。

▷ William
不同的鞋子，既是不同年代的身份符号，也给不同的年代留下标志性的记忆。如今城市里的孩子们已经不喜欢穿皮鞋，因为那让他们感觉受约束。但他们终究也会有他们成长过程中的记忆。只希望，记忆是美好的。

12 感受时间

　　一直想写篇关于时间的博文，总是刚有头绪又被琐事打断——其实是没想明白，时间于生命、于每天的生活、于每个人的工作，于自己，到底意味着什么。

　　一直以为，时间，是这世上最公平的东西，一天二十四小时，一小时六十分钟，一分钟六十秒，于每个人都无特殊。不论你贫穷还是富有，不论你是富商、高官还是打工者，时间对谁都一视同仁，但每个人对时间的态度、对时间的感受、对时间快和慢的感觉，却各有不同。

　　听人这么说过，一个人的多半时间是在不经意中度过，一生的绝大部分时光是在不经意中流逝，只有当你对某件事特别渴望特别期待特别在意时，才会对时间有快和慢的深刻感觉。记得上小学时，因为不能按时交书费学费被老师点名批评时，那节课比一整天还难熬，而高考做试卷时，却又觉得时间过得奇快。上大学时，盼着赶紧毕业参加工作好拿工资，觉得四年时间好慢。

　　不同的情形下，对时间的感受完全不同。我们的孩子小时，盼孩子长大，觉得时间好慢，而当孩子上了大学真的长大后，就会感叹岁月如梭。好友屈平曾这么感慨，一定要珍惜父母健在的时间，父母在，我们都没老，我们都还是孩子，而父母不在了，我们面对自己的孩子不断长大、不断成熟，你自己已经在不断地老去。

感觉时间的快，是父亲辞世那天的刻骨感受。2010年6月18日早晨，忽然接到妹妹香兰打来的电话，妹妹哭着说，父亲病危！我火速买了机票赶往机场。担心出租车不好打，好友特意安排车送我。很多时候就是那么寸，因司机是刚到北京的师傅，线路不熟悉，去机场路上两次错了道，而我方位感也很差，最后还是下车拦了出租，赶到机场已经晚点，只好改签下一个小时的航班。妹妹电话里告诉，父亲头天晚上后半夜数次声音微弱地问起"学武什么时候回来"，早晨昏迷中醒来后父亲喘着气出着虚汗几乎听不到的声音说"我可能等不着学武了……"。在赶往机场的路上，在候机室，在飞机上，在杭州赶往老家淳安的途中，满脑子都是父亲的这两句话，心里默默祈祷，"父亲你可一定要挺住啊，我还要跟你的倔强'较劲'呢"。一路上，多么希望时间慢点再慢点，小车在高速上快点再快点。中午12：00，还在高速路，妹妹在电话里沙哑着说父亲走了，让我别着急，注意安全……我最终未能与父亲见最后一面，未能在父亲弥留之际叫一声"叔（叔，老家话里父亲的一种叫法）"。那一天，时间快得仿佛能听到自己心跳加快的声音，而内心又多么期望时间停滞。

感受时间的奇慢，是2010年圣诞节的头一天，一位年轻于我的朋友在301医院手术，我们目送他推进手术室。术前，医生告诉他爱人，手术开始两个小时在右若出现紧急情况，手术室外显示屏会亮起红灯，医生会出来跟她商量。等在外面的我们，来回

走着，一会看表一会看显示屏，彼此安慰，希望时间快点再快点，盼着快点过两个小时，又怕真到两个小时红灯亮起。记不得我们看了多少次手表和手机上的时间，平时并不经意的一分钟、两分钟、十分钟、六十分钟、九十分钟、一百二十分钟，如此漫长，时钟每走一秒仿佛要停下来歇会儿似的。熬到两个小时，显示屏并未亮起红灯，我们悬着的心总算被安慰。经过五个小时漫长的等待，朋友被推出了手术室，医生告诉我们，手术很顺利。朋友出院后，恢复得很好，但他爱人同公公婆婆说起当时的心情时，在医院未掉一滴眼泪的她，再也无法抑制自己的感情……

太多的人生故事，总是在我们的不经意中发生。所有的苦痛和快乐，都是随时间不自觉地流淌进你的心脉，而我们总是在生命价值的追求中独独忘掉了关注时间本身。我们似乎拥有了太多的自豪，太多因奋斗而来的事业的欣慰。我们在忙碌中忘掉了给时间本身留点空间，让生命滋补，让生活慢下节奏。一位在所从事的领域卓有建树的好友，参加工作二十多年来，每天早晨七点到单位，晚上不能按时回家，周末常忙得连偶尔给自己美容的工夫都少有。我与心怀仁爱待患者的朋友开玩笑说，如果每天再给你增加12个小时，你不再这么忙了，那你白天的忙一定是真忙。如果一天给你增加12个小时或者24小时，还是这么忙甚至更忙，那一定是忙得有问题。"这位深得患者好评的专家笑着说："会改变，会改变。"

时间就是金钱，我们似乎习惯了这样的理念，但拥有金钱不就是为了更好地享有生命、享有时间吗。对时间的态度，其实就是对生命的爱的程度。身处现代社会的我们，总是希望拥有更多自己的空间，而没有时间谈何空间。

给自己留出更多的时间吧，因为时间其实是空间的另一个代名词。蕴藏机缘、构筑岁月的时间，见证友谊，考验真情。时间，是日子的单位，更是所有活着生命的量词。富有时间才是真正的富有，享受时间才是真的享受。

做时间的富人，而不是时间的奴隶。感受时间，别让时光在你生命中因忙碌而无感觉流逝……

亲 疼

网友评论

▷ 万红卫

时间对于每一个人都是一样的，而人们用于生命过程的时间段里，走出的人生却是不一样的。

▷ 珍壶轩

其实，时间是造物主留给世人的一种痛，是条一眼望不到头的线。在这条线上行走的人们，走走停停，歇脚的时候怀念过去，然而，再也回不去了！于是，我们还得继续往前，因为有明天。

▷ 娟然尘外

"父亲辞世那天的感受"看得人几欲泪下。学武老师总是能够这样悉心捕捉、生动再现生命的体验，实在令人敬佩。

▷ 国安110

时间是世界上最公平的。

▷ MissYang

这篇文章我读了几遍了，内心感触良多。您父亲去世前您赶回去的那段描写，让我想起我外婆去世的情景。那一年我跟老公儿子去苏州玩，到苏州的第二天早上就接到弟弟的短信，说外婆去世了，我的感觉就是不能置信。因为正值五一，车站买票者排起了长队……我也没能看到外婆最后一眼。后来我写了一篇《阿婆的温度》。子欲养而亲不待，时间有时很残酷，唯有珍惜每一天，因为下一辈子，亲人们会在时光里失散了。

13 你有多幸福，其实自己并不知道

又到周末——月复一月、周复一周里的寻常时光，可于我，每到双休日，总有种幸福感溢满心田。在老家山村年长一些的乡亲眼里，过星期六、星期日，是城里人的生活，习惯了记农历日子，以农历日期来安排农活的村里人，没有星期几的概念，更不关心是不是周末。任何时候，如果你问父辈母辈今天星期几，乡亲们一定半天睁着眼睛，最后告诉你"那我可不晓得"。

城里人习以为常的双休日，上了年纪的农村人看来，是一种奢望的幸福。不干活还有工资，那是"单位上"的人的待遇。上世纪七八十年代，农村只有过年初一到初六才放假，而平时除非赶上暴雨或大雪，实在无法到田地干活才难得地休息半天一天。一样的周末，于不同情境下的人们，日子的含义完全不同，就算同在一个都市生活，平淡的日子给人的感觉也会迥异。

关于幸福，一百个人会有一百种阐释，寻常如每天的起床、洗漱、走路、上班、吃饭、锻炼、睡觉，或者开心、烦恼、矛盾、痛苦，不同的性格、不同的阅历、不同的态度，心理感受会完全不同。每一天，你睁开眼睛，拍拍自己的脸还活着，有的人会毫无感觉，有的人会很庆幸，生命健在，感恩生活。简单如每天的上厕所，有的人视为生活的习惯，有的人会感念新陈代谢的正常流转，感激生命的恩赐——正常的新陈代谢保障了一日三餐的美好享受，规律性的代谢会带来排山倒海般的畅快。即使简单如小便，有人会觉得声音美如音乐，大珠小珠落玉盘的愉悦，要知道有不少人新陈代谢困难，有的靠定期透析和化疗来完成代谢功能。再如几乎最寻常最没有感觉的走路，有的人常在公园漫步，有的走路上班，有的喜欢走路去购物，有的人深感能走路实在是一种幸运，而有的人稍微多走一点都会嫌累。但是，当你感受了坐在轮椅上的人连站起来都成奢望，当你看到瘫痪在床的人们做梦都渴望走路的眼神，你会觉得命运多么眷顾自己，能走路是多么幸福。

幸福的生活往往相似，幸福感却常常不同。时常听到有人对生活抱怨，抱怨命运的不公，抱怨怀才不遇，抱怨被人伤害，抱怨被人欺骗，抱怨别人不帮忙，抱怨朋友不真诚，而所有的抱怨，日积月累便麻木了自己对幸福的感悟，忘却了自己其实是幸福的人——饿了可以随意去买方便面，可以想吃爱吃的馄饨，可以想吃就能吃上喜欢的馅饼或饺子，还可以偶尔去大餐一顿。渴了可以喝矿泉水或工夫茶，还可以偶尔与朋友畅饮着穿越到青春岁月；可以随时去爬山，也可以随时去跑步；还可以拿张公交卡坐着地铁把城市逛遍，或者坐着地上公交不怕堵车地把偌大都市欣赏个透。如果你还有辆爱车，可以把坐公交时身体挨挤的罪让爱车代劳。你可以拥有帮助别人的快乐，也可以享受得到朋友相携相扶的幸福。北京一著名医院的院长曾经这么说过，得到帮助是一种幸福，奉献也是一种快乐。

幸福感与物质的富庶程度并不一定成正比。曾经几次因为没有给父母过过生日而愧疚，母亲却说："过什么生日，现在天天都跟生日一样。"知道父亲喜欢喝酒，老人晚年时我曾多次想带他到小酒店或到县城吃顿饭，父亲总是说："家里有酒喝就可以了。"父亲喜欢那种家里随时有酒喝的优越，在哪儿喝酒并不重要，重要的是做儿女的能多陪陪父亲——陪父亲喝酒，听老人说曾经的自豪。穷怕了的父亲，晚年最幸福的事，是去医院看病，到医院做B超和心电图以及那种医生对他的宽慰，从医院抓几副药提着从村脚走到村头的显摆，还有不时收到远方的孩子寄去的钱或衣服时的满足。而曾经借钱借怕了的母亲最享受的，是晚年不再向亲戚和邻里借钱后的自尊，冬天有棉皮鞋和保暖秋衣秋裤穿后冻不着的温暖，以及能随时去小镇上买一斤肉、一块豆腐和几个苹果的满足，岁数大了还用上了手机的幸福。

曾经听人这么说过，吃过苦、饿过肚子、挨过冻的人，换句话说，为了生计本身挣扎过的人，幸福感会比别人强。尽管不同的人活在当下，幸福指数有高有低，对幸福的定义也不一样。但不管你如何定义，幸福就是一种感觉，是心里的甜丝丝、美滋滋，是即时的舒服和清爽，还有过后的回味。幸福的三个基本特征——可比较、满足感和身心愉悦，于每个人，大同小异。可比较，是不自觉地与曾经的日子比，与别人比，与艰苦岁月比，与自己的曾经比；满足感，是指实现生活的物质诉求或心理渴求后的释然；愉悦，是身体或心灵满足后的惬意。我们常常因为对幸福的不自觉，使自己变得不快乐，常常因为随处遭遇的烦恼或矛盾，放大自己的不快乐，忘了所有的经历都是对幸福感悟能力、创造能力的磨练。

曾不止一次读过网上疯传的这样一条微博，"感激伤害你的人，因为他磨练了你的心志；感激欺骗你的人，因为他增进了你的智慧；感激中伤你的人，因为他砥砺了你的人格；感激遗弃你的人，因为他教导你应该独立；感激绊倒你的人，因为他强化了你的双腿；感激蔑视你的人，因为他觉醒了你的自尊……"，每每读到这样的文字，内心都会变得更加柔软。

感激有你，感念有我，感激我们相会在这个世界，感激包括痛苦或曾经不快乐的所有经历。幸福其实就是毛毛雨，润物细无声在日常的滴滴点点。心怀感恩，感恩父母，感恩亲情，感恩真情，感恩你有一个吃得下、拉得出、想得开的健康体魄，幸福感就会增强，不论幸福的内涵和外延如何迁变。幸福又是阳光灿烂，她普适于所有对生命的敬畏之心。敬畏生命，会提升幸福指数。

幸福本身如一幢房子，用心感悟，用心经营，换一种心态，你会发觉自己就在幸福中，很久很久，只是并未自觉。懂得珍惜，心怀感恩，你会发现，其实自己一直是幸福着的人。

亲疼

网友评论

▶ 霜腴
　幸福是春夏秋冬，酸甜苦辣，生老病死，且我们安之若素。

▶ 娟然尘外
　之前看到一个网友说，一只杯子摆在桌上，装着水的时候，人们说，这是一杯水；装着酒的时候，人们说，这是一杯酒——没人会说这是一个杯子。只有它什么都不装，人们才会说它是一个杯子。人的生命就像这只杯子，你用它来盛幸福它就是幸福，你用它来盛抱怨嫉妒恨它就是抱怨嫉妒恨。和这一篇异曲同工。

▶ ktgdj2011
　境由心生，淡定即平和。

▶ cy阳伞
　细细品味，的确如此。我想，只有历经过并能静心审视自己的人，才能收获如此感悟，且珍惜眼前幸福，很多人真的是身在福中不知福啊。

▶ 214记忆史
　懂得珍惜、心怀感恩，就会感念，其实自己一直是幸福着的人。

14 让心静下来

　　早晨给母亲电话，老人已在千岛湖至虹桥头的中巴上。从县城回村，每次都要到虹桥头换车。清明节，母亲到县城打工的我妹妹那儿住了三四天。因妹妹读书的孩子华华也放假，老少三代在租住的只有六七平米的屋子里温馨相处，母亲没有丝毫的不自在。老人告诉我，华华又去上学了，她一个人待着没啥事，还是回家吧，等会儿到虹桥头换了车直接回村里。母亲晕车，我叮嘱她与司机商量商量坐到前面靠窗的座位。

　　下午四点半给母亲打手机，母亲笑着说还没回家，而是到厂里去了——回家路上，办箱包厂的我表弟给她打手机，说厂里赶活儿，着急让母亲去帮忙，并开车到虹桥头直接把她接到了厂里。本担心母亲晕车后不回家躺会儿吃不消，但老人的声音里，听得出并无大碍。73岁的母亲很有些被厂里需要的开心，而我挂念的心，马上静了下来。

　　让心静下来， 是一种纯粹。不识字、务了一辈子农的母亲，是去年秋天到我表弟厂里上的班，刚开始并不敢告诉我。我无意中知道后，并没有责备她。表弟说活儿不苦，还有好几位老人做伴聊天。母亲的意识里一直有到"单位"上班的情结，知道她去上班后，只提示别累着，只要老人自己开心，怎么都行。那个时候，我的内心有种出奇的宁静。

让心静下来，是年龄增大后的修炼，也是对母亲的劝慰。父亲晚年因为身体不好，总愿意到镇上的医院做心电图或B超，大夫告诉他没有大毛病，就是体质差或骨质疏松，建议少做B超，否则对身体有副作用，并让母亲劝劝他。而母亲每次说他，父亲总有些不高兴。很多年里家里穷，没钱看病，后来有条件去看病便是父亲心里的优越。留恋生命的父亲，每次到医院检查后，会踏实些日子。我劝母亲，别太拦着他，看病能让父亲心静。

想起父亲母亲，想起父亲母亲受过的苦，有意无意自己就会变得宁静。让心静下来，实际上是一种对人和事的换位思考，是一种立足实际、客观感悟人性前提下对事物本质的理解和因此而来的淡定的心态，于浮躁的当下是件很不容易的事。每天睁开眼睛，你会看到很多不公平，遇到诸多不如意，繁杂又现实的日子，似乎跟书本上学的、老师教的或纷繁的各种会议上获得的资讯，都不一样，但愤青和牢骚又无济于事。心静，并不是对生活的麻木，更不是对遇到困难的无动于衷，而是一种积极的简单——没想透的事不说，没想清楚解决办法的事先不去提建议，即使被曲解或被侵害了权益，在没分析明白来龙去脉和深层原因前，不轻易行动。

学会心静，不是消极的窝囊，而是更深切理解生活真谛后对生命的更敬畏、更珍惜，更享受生活。静，是一种大静，如同社会需要大爱。心静，不是没有烦恼，不是躲避困难，更不是对伤及尊严的事无原则地忍受。让心静下来，是积极的简单、向善的从容、做人的纯粹，如同清明时分，深夜守候《中国之声》"千里共良宵"节目，听主持与听众分享博文《父亲，一生最倔是担当》时，我像父亲生前那样，拿了大碗倒上啤酒，喝一大口，无言地问一声，天堂的父亲，你好吗，儿子陪你喝酒，能否感觉到？

热泪融进啤酒，不是痛苦，是与父亲静静的交流。我只想说，生命的真谛不是悲伤，不论我们是否经历过失去友亲的苦痛和心酸。感念，是你有颗知恩的心；缅

怀，是不忘我们从何处来。追忆中拭去心伤，祭奠里敬畏生命。心怀感恩前行，是对故人最好的纪念。我们快乐，天堂的亲人才会安心。所以说一声，安好，父亲！快乐，所有活着的生命！

让心静下来，聆听人生最本真最自然的声音，生活会感受更多的温暖，生命会更具力量。

网友评论

▷ 霜腴

　心安顿了，人也就静了。虹桥头，像个故人，睡在记忆里，不能分明。又常常，梦里不知身是客。

▷ 小小

　人生的阅历造就人的阅历
　经历过轰轰烈烈
　心才会静下来！

▷ 枫林漫步

　喜欢你文章中的这句话：让心静下来，聆听人生最本真最自然的声音，生活会感受更多的温暖，生命会更具力量。想说，不经历风雨霹雳和辉煌，人是不能够真正理解"静"的含义的，只有经历了生活读懂了生活，方能让心大静。

▷ 冰雪佳人

　在这个浮躁的社会里，能让自己的心沉静下来，真好。字里行间，感受着浓浓的亲情。

▷ 汉安某

　城市和尘世都太浮躁了，或许只有心静，才能感受到更多的美好。

 回家

每个人都有回家的情结，离开家乡越久，沉淀在心的回家的故事就会越清晰。

在老家小山村生活的岁月里，回家于我，曾经只是干农活后的歇息，对家的概念几乎是一种不自觉和不经意。第一次体味回家的亲切，是初中毕业务了两年半农后，跟师傅在县城学了一个多月木匠，因师傅脾气火暴，加上我自己不小心一斧头背敲到了左腿上，疼得我把斧头扔一边，执意不再学木匠，借了路费跑回了家——回家，变得如此温馨，头一回觉得家的亲切。也就是那一年母亲去求当时的公社中学校长，学校同意我插班到初二重新读书，几个月后凭着刻苦，我考上了县城重点高中。

因为住校，读高中时通常是半年才能回家一次，有两个暑假还跟着父亲在县城搞副业（做民工）挣学费。那个时候，每学期开学总是从家里挑了大米、梅干菜和炒好的辣酱、萝卜干等，一学期结束才能回家。由于家境贫寒，没有更多的衣服，只能靠勤洗才有衣服换，因此洗衣服的次数也就自然比别的同学多。寒假回家，换下衣服递给正在小溪里洗衣服的母亲，总有一种释

放的感觉。尤其是吃了一学期的"死菜"（很长时间只吃同样的干菜）后，回家吃"活"菜——菜地的新鲜蔬菜，心里总是甜丝丝的。

上高中时回家的难忘，是三次寒假。第一个寒假，是人生中第一次离家最久后回家。去县城上学时，哽咽着与摔伤躺在床上的奶奶道别，寒假回家奶奶已经辞世，而我为了不耽误学习，也因为舍不得来回的路费，未能与奶奶见最后一面。第二年的寒假，因失火家里房子被烧，回家时是在好心邻里让成伯伯借给我们的房子里过的年。我读高中的第三个寒假，正好房子被烧后整一年，父亲母亲在什么都没有的情况下，白手起家盖好了新房。虽然只是泥墙屋，四面透风，但我们又有了家。

艰苦的日子里，每年回家依然有一盏灯照亮在心。父母不识字，孩子多，父亲身体又不太好，家里是生产队里的老"缺粮户"，有好几年平时只点煤油灯，过年前后的半个月才接上15瓦灯泡。看着电灯刹那间亮起，心里觉得格外地亮堂，连拉开关的声音都觉得特别好听，以至于这么多年，每天晚上家里即便开着大灯，我都会不自觉地常拧开台灯，喜欢被黄色灯光温暖着的感觉，而夫人总是批评我浪费电。

孩子上大学，给父亲母亲带来了看得见的生活改善的希望，父母脸上不经意的笑容也比以前更多些。除了第一学期我刚到成都上学未能回家过年，之后的每个假期都想办法回家，而母亲虽然常常会为我回程的路费纠结，但看到假期里我想回去也不执意反对。记得上大学第一次回家，我节约了假期里的伙食费，生平第一回从成都给父亲带了一瓶绿豆大曲（白酒），给妹妹买了条长围巾，还用一个漂亮的小篮子带了满满一篮水果，而自己在火车上一天一夜舍不得吃任何东西。上大学回家，需要坐近50个小时的火车，还得中转，返校时根本没有座儿，常要站上一天一夜，才有可能等到个座位，晚上常是在人家的座位底下用报纸垫着香香地睡着熬过，但从不会因此觉得回家辛苦。

亲疼

感受回家一年比一年顺利，是到北京工作特别是成家以后。最早是堂哥学友、学才和亲哥学平骑着自行车到虹桥头码头去接我们。有一年大年二十九，正好下雪，我们一溜四辆自行车六七个人在飞雪中赶着回家过年，那情景至今兴奋在心。而随着交通的改善，每天多个航班，好几趟火车，便捷地直达杭州，从杭州到老家县城的时间也由以前六七个小时的山路变成了现在的高速路，从县城回村也有了方便的公路。回家的路径不再翻山越岭，归程变得过去难以想象的便捷。

这么多年，只要想起回家，心就会变得柔软。想起很多年里，每次探家返回，父亲母亲都要送到村口，而我总是假装没事地说"回去吧"，便头也不回地踏上归程。走出好远再回头，父亲母亲依然站在原地望着我们。父亲去世前两三年，每次回家再离开时，父亲总是似拉非拉我的手，像是自言自语，"不知道还能不能见到你们"，那一刻，什么也说不出的我，只是轻轻拍几下父亲的后背，想说"没事没事，马上就会回来看您"，却又说不出来，而现在已经永远没有了再拍拍父亲后背

的机会……

回家于我，是一份乡情，一份血脉里的亲情，也是一份宁静，一份从未忘却的童年和少年生活的回味。每次回家，母亲总是忙着去菜地里剁自己种的菜炒给我们吃。而每次当我经过熟悉得不能再熟悉的回家的路，总会不由地想起务农时挑柴路过母亲干活的田地，肚子饿得没劲儿了，把柴担放在路边让母亲帮着挑回家的情景，想起母亲挑着梅干菜和粮食，走三个小时送我到码头赶船去县城读书的情形。

曾因生计所迫，做梦都想离开家乡，历经生活磨砺后才深切意识到，每次回家带给自己的是心灵深处的幸福。家是心灯，多回趟家，生命就会满是温暖。

网友评论

▶ 栀夏世
好文，不得不赞。当每个人置身此情此景，都会有很多很多想说的话，这就是家的力量——一个生我养我的地方。

▶ guoligyx
王老师是真正吃过苦的，因此懂得感恩，懂得担当。现在的孩子，特别是大城市的孩子缺少这个。这可是人生必要的一课。

▶ 培仁
美文也，读了好想家——那个生我养我的地方！

▶ louchunrong
每次看完老师写家的文章，心里都酸酸的、暖暖的。眼泪在眼眶里转。想家了，过几天回去。

▶ 冰雪佳人
回家是我们每一个在外生活工作的游子最最幸福的事。

16 天堂的父亲，
是否每天还喝点小酒？

父亲在世时，从没能请他下过馆子。

父亲是喜欢喝酒的人，即便是在上世纪七十年代的贫穷年景里，家里若来了客人，父亲总让我们去村里唯一一家居民户开的小店里打散装烧酒，一两或二两，实在没钱就用鸡蛋去换。当然那个时候条件差，喜欢喝酒的父亲也只能偶尔为之。后来农村土地分到户后，条件好些了，父亲便自己酿米酒，觉得不过瘾，干脆请酿酒师傅到家里用小麦酿白酒。有几年回家过春节，喝过家里自酿的烧酒，劲儿那个大啊，不胜酒力的我实在是喝了一口不敢再喝第二口，可父亲却在一边微微地笑，那神情有点恶作剧般的得意。

父亲一生喜欢喝酒。父亲不识字，但做石磅技术在相邻几个村都很有些名气，是受人尊重的磅师傅。因为孩子多且都在读书，家里负担重。父亲很多年都到县城排岭搞副业（做民工），当过小包工头，从各村叫来熟悉或不熟悉的人组成临时小工程队。虽说父亲是包工头，但活儿都不大，大多是挖土方和做磅，活儿干完了，工程队也就解散。工程队虽是临时的，可为了凝聚

人气，每当工程开工后，父亲总是要预支点钱，让兼职做饭的工友去买点猪血猪心猪肺或猪肠，再把从家带的腌菜管或梅干菜炖进去，四处飘香。十几二十个工友围坐在工棚"打平伙"一起吃饭喝酒，喝着打来的烧酒或黄酒，简单地快乐着。打平伙的日子极其难得，但却是我对父亲大场面喝酒的记忆。

父亲酒量不大，但喜欢用白碗喝，也就倒二两左右。父亲右手端酒喝时，食指习惯性地抠在碗里边，每喝一口，酒要在嘴里停留刹那，然后使劲地抿嘴慢动作往下咽，有时还会不自觉地先深呼吸然后轻轻往外"哈"一下，那动作应该是边喝边回味。我参加工作后，家里条件改善，父亲也喜欢喝啤酒，每次喝一瓶到一瓶半左右。父亲喜欢喝酒的气氛，喜欢喝酒时回忆在县城做磅的自豪，喜欢有亲友围在他身边那种微醉的感觉。每次回老家，同学去村里相聚，不仅给父亲带酒，吃饭时还给他倒酒，父亲最是开心，开心得时不时给客人倒酒，"喝喔，喝喔"地劝酒，高兴得把大砂锅里的猪肉、豆腐等他认为的好菜，夹到砂锅的最上面。有时我会嗔怪，"您这样，客人没法吃了呢"。父亲也不会生气，只是笑着，我的同学当然也不介意。

知道父亲喜欢喝酒，老人晚年时我曾多次想带他到威坪镇上的小酒店或到县城吃顿饭。有时县城同学来接我，也希望父亲一起去，老人总是说太麻烦，"家里有酒喝就可以了"。我跟他说母亲可是在大酒店吃过饭见过世面呢，别说不带你去哦，父亲回答说"怪你什么啊"。父亲喜欢那种家里随时有酒喝的优越，喝酒时有时连菜都不要。后来体质越来越差，改用小杯子喝，医生告诉让他少喝。晚饭时，我常从北京打电话问他喝了没，"就喝了半杯"，而母亲告诉我，"是喝了半杯，没事就喝半杯，一天喝七八次啊"，母亲既担心父亲喝多对身体不好，又不希望他不高兴。

喝酒，是父亲一生的喜欢，也是父辈精神的一部分。家人或亲友围在身边陪他喝酒，听他讲内心曾经的"辉煌"，是老人一生的快乐时刻。父亲喝酒一直喝到辞世前的半个月，体质越来越扛不住才不再喝。父亲不能再喝时，我才彻底理解，在哪里喝酒并不重要，重要的是做儿女的能多陪陪父亲——陪父亲喝酒，听老人说曾经的自豪。

　　父亲一辈子，未能请他在酒馆对饮过，是我此生的愧疚。

天堂的父亲您好吗，天堂里是否每天还喝点小酒?

网友评论

▶ 蓝一薰
　　点滴记忆里的父亲。好感人。

▶ guoligyx
　　因为父亲正生病住院，所以看了王老师的博文很有感触。老人有病时我再忙也会抽时间去照顾，总觉得应该尽到自己的心将来不要后悔才好。相信谁都会有这样的经历啊!

▶ dazhikjy
　　作为男人，父亲是自己第一任老师，小的时候向往着什么时候能像父亲那样威武高大，渐渐大起来发现他并没有什么，是那么平凡，是那么普通。他已经不是你心中的偶像和庇护伞。等自己当上了爸爸时才知爸爸的辛酸，但和爸爸的沟通却越来越少，难道真要等到自己当爷爷时才能意识到自己父亲的伟大吗?

▶ 郭洪钧大文化
　　父爱如山! 我们总是在父亲垂垂老矣，或魂归天国才感念一个肩头担承家之大的伟岸男人! 学武老弟的博文意蕴绵长，发人深省!

▶ 南行大叔
　　在童年时代，我曾经常做恶梦: 梦到没有了父亲，没有父亲我该怎么办，梦里我是那么地无助。这最后几乎成了我现实生活中的担忧。如今我的父亲还健在，我还会有童年的担忧吗? 父亲是否也会有同样的担忧: 儿子不在身边，我该怎么办? 父亲曾经是我最坚实的后盾，如今我们能成为他晚年最坚实的依靠吗? 读着学武兄的博文，不禁悲从心起，感念父亲之恩德!

17 温暖足底

母亲一辈子都不会织毛衣，因为很多年家里买不起毛线，但每年都会利用农活之余给父亲和我们四个孩子做新布鞋，一年大概一人两双，一双自然留在除夕晚上，一家人用热水洗了脚后穿上新鞋过年。

做布鞋最费时间的是纳鞋底，而纳鞋底是最需要耐心的活儿。母亲白天很少有时间纳鞋底，赶上大雨或大雪，偶尔的生产队里放半天或一天假，对她来说是一种奢侈。母亲大多利用每年的二三月或冬日干完农活后的夜里做布鞋，我们坐在火炉边聊天，母亲却不愿意浪费了工夫，纳鞋底便成了母亲非农忙季节的夜生活。

做布鞋，由纳鞋底和上鞋面两部分构成。纳鞋底之前，母亲总是用碎布——穿得不能再穿的旧衣服，扯成碎布条，一小块一小块，小心翼翼一层层地交错着铺好。层与层之间，用细一点的玉米面做成的糊糊粘匀，先烘干再用针线纳鞋底。做鞋底的碎布需要铺接很多层，因此老家方言里纳鞋底叫砌鞋底。母亲纳鞋底技术和速度深得邻里称赞，大概三天纳一双，标志性的动作是纳几下后总用针在扎得利索的头发上长长地滑一下，然后继续纳鞋底，如此反复。细细密密匀匀的鞋底纳好后，先用剪刀照旧鞋剪出相等大小的鞋底。母亲纳鞋底时，右手中指总是戴着宽戒指状的顶针，其用途如名字，针往鞋底里穿扎有时需要用顶针顶一下才能穿过。母亲纳鞋底，孩子能帮上忙的是帮着认针——线断了时抢着学母亲用嘴唇抿一抿线头，然后迅速地穿针眼，看谁穿得快，谁慢就被嘲笑。

上鞋面，必须先买来新布料，母亲总是省了又省，可丁可卯地买来鞋面料，单鞋鞋面一般是黑色小条布，做暖鞋（棉鞋）则咬咬牙买灯芯绒布条做鞋面。父亲的脚大些，单鞋大概九寸（幅面）做两双，母亲和我们四个孩子好像是买8寸（幅面）布做两双，做暖鞋则需要布料多些。那时的布料，黑布是五毛一尺，灯芯绒布一块一尺，再买点便宜的衬布做鞋里子。做鞋面，先是找个硬纸壳照着旧鞋子描好，再用剪刀按照描好的纸壳剪了布和里衬，用玉米糊糊好烘干后，再上到事先纳好的鞋底上。母亲一晚上能上一双鞋面，然后把鞋模塞进上好鞋面的鞋子里整型，放个一天半天，漂亮的新布鞋便大功告成。

因为鞋底是布的，下雨天穿容易烂掉，上山砍柴、下地里干活，我们穿的都是草鞋，而做草鞋是父亲的责任和义务。草鞋一般二十天左右就穿破了，父亲同样利用农闲时间给我们做草鞋，只是做草鞋的时候总有几分自豪，说自己的草鞋如何如何好，如何如何结实，实际上，穿草鞋必须与奶奶擅长缝制的草鞋袜配穿，上山才会又护腿又软和，草鞋防滑的优势才能更好地发挥。

每一次过年，我都会想起穿母亲做的布鞋过年的情形。看到大街上的长靴子，总会不自觉地想起奶奶做的草鞋袜。每回爬山，都会想起父亲做草鞋的自得。现在，村里乡亲已过上穿皮鞋的日子，已经没人会做、也没人再需要自己做布鞋或草鞋，母亲穿的都是我们从北京寄去的很软和并方便老人穿的皮鞋。但是，每次进鞋店，还总是记起母亲纳鞋底的情形，那带着细线在头发上滑针的动作，定格在我的内心，温暖着一生的足底。

网友评论

adelewu吴芳

您对生活观察真仔细。儿时与父母相伴的温暖时光忽地一下就过去了，被迫长大后总想念那时的情景。总挂念妈妈当时做的各种食物，长年离开父母的我总感觉愧疚。您说的那种鞋我现在也有双，去年回老家从二婶那里拿的，一针一线都是亲情。

青青紫藤

真温暖，千针万线饱含着母亲的深情。

Grace俞

母亲，每个人生命里温暖一生的词汇。守候母爱，是我们常温常新的心灵乐章。

汉安某

那一针一线，皆是沉甸甸的爱。
王老师如今写出来的一个个字，也是沉甸甸的爱。

主持人楚萱

如电影镜头一帧帧地慢放，如摄影照片一幅幅定格，母亲的针线串起的是浓浓的爱和无言的情。

亲疼

 **你知道，妈妈期望你过得好**

我知道，你现在过得好

有爱人有孩子有家有业很少烦恼

不再像孩子似的

曾经气了老爸还装不知道

我知道，你不再需要妈妈的歌谣

你的担当你的微笑

对自己对你的小家很重要

为人父母你会知晓

你知道，妈妈期望你过得好

少小离家的你已不再烦躁

学了恋爱筑了小巢

有家有爱有人照料

你知道，只要你过得比妈妈好

什么都比不上幸福将你围绕

你的平安你的快乐

对妈妈真的很重要

网友评论

▶ 德钦杰波
　　都说不养儿不知父母恩！但我觉得随着心智的成熟，慢慢就能体味到父母对子女的那种深沉醇厚无微不至的爱了。

▶ 珍壶轩
　　尽管我们不断成长，但妈妈的爱，有增无减！家母与我们住一起，或许平时问寒问暖"唠叨"了些，但我知道，那是爱！祝天下所有的母亲健康长寿、平平安安！

▶ 梁桦
　　温暖中充满感动，平实中涌动真诚，愿天下的父母都能健康平安！在这个周末，因为这样一首温暖的诗，让离家的孤独少了许多，真好！

▶ ￥力挽狂澜￥
　　母爱，世上最伟大最无私的情感。当自己成为母亲之后，对母爱才有了更深的理解。养儿方知父母恩。希望所有的父母，一切安好！

▶ 汉安某
　　总是会听到有人惊叹一个年轻的母亲如何能抱自己的孩子那么久的疑问。
　　也总是能听到有人关于"这是因为母爱是伟大的"的回答。
　　父母对子女的好或许我们这些做子女的，穷尽一生也无法偿还。

19 安川，小村故事多

　　每个人的生命中，有意无意都会有自己的镜子，或人或事。于我，滋润了生命的老家安川，是此生温暖的记忆，也是遇到困难时的力量源泉。

　　在北京坐地铁或公交车，时常遇到年轻聋哑乘客，他们彼此间的默契与阳光，总会让我不自觉地想起安川三位哑巴乡亲。最大也是最聪明的一位，几年前骑三轮不小心摔到路边田里辞世。比我父亲年龄略小的他，按辈分属爷爷辈，在世时没有不会干和干不了的农活。但最让人佩服的是，天生聋哑从没有上过学的他，在那个出工需记工分的年代，能分得出整个生产队里每一个人的名字。当时生产队分三个小组，初中毕业曾在家务农的我，是其中一个小组的记工员，每天跟大家一样上地里干活，晚饭后为本小组大概三十多个社员记工分。有趣的是，不管我翻到工分本的哪一页，哑巴都会叫站在边上对应的社员，咿咿呀呀用手势告诉"该你了"。不仅如此，赶上计件算工分，你要是给他算错一分一厘，哑巴都不干。算对了，竖起大拇指，满脸灿烂和得意。另两位哑巴，不属完全聋哑，或许是小时候得病未能及时治疗落下的后遗症。他们都是干农活的好手，现在大概五十七八岁了。其中一位，只要看到在外面上班不常回家的人回村，一见面就会满脸笑容冲你喊"票啊票啊"，意思说你有本事、能挣钱。这个时候，为了这份夸奖，只要你兜里带着香烟，都会很快乐地掏出给他递上一支，哑巴又会开心地听不太清地挥挥手"去吧去吧"。

我是在村里上的小学，现在每次回家经过上学的必经之路，常会想起读书时我们最爱去一个叫唐花的五保户家陪她聊天。唐花孤苦伶仃，一个人生活了一辈子，对孩子们却总是面带笑容。冬天在她家烤火，有啥好吃的都舍得给我们，孩子们很喜欢她。我们读小学三年级到五年级时，学校每年组织"拥军优属"——为当兵的家庭砍柴，但也让其中部分学生把柴给唐花家挑去。那个时候唐花特别开心，忙不迭地给孩子们擦汗递水。从小得了小儿麻痹症的唐花心地善良，平时常力所能及地用一只正常的手帮邻居舂米。曾数次听大人说，村里有妇女长奶疮，唐花不顾一切用嘴帮人吸出脓水。唐花后来去了敬老院，就再也没见过，听说因病在敬老院辞世。

离开安川30多年，可总是想起村里的人和事。安川，典型的人多地少的小山村，睁开眼睛屋前屋后都是山，多年的贫穷使乡亲认定——有文化、有手艺，就能过上好日子。只要孩子想读书，父母都会决不言苦地"衬（供）孩子读书"，老话叫"卖茅房衬儿子读书"，意即舍得一切地希望孩子好好读书。村里人高兴的是，近些年每年都有孩子考上淳安中学，每年都有考上大学的，一拨一拨的孩子因为读书改变了命运。当然，也有家庭走的是另一条致富路径，如果孩子想学手艺，不管是木匠、篾匠、裁缝、油工还是瓦匠，家里都会不遗余力支持孩子。村里人坚信，只有考上了学校或者有个好手艺，就能盖新房、娶老婆，才能受人尊重。正因为如此，曾一起砍过柴的伙伴，大都下工夫学了手艺，成了令人尊重的手艺师傅。波侬、烈烈、国富、桐子、干干、学文等与我年龄差不多的伙伴，大多白手起家，但日子越过越好，他们不仅家家盖了新房，有的还在城里买了商品房，而且他们的孩子上完大学后，在城里也有了较好的发展。

现在的安川，是与安川里面的另一个自然村道仁村合并后的村子。高高的牌楼矗立在村口，告诉人们，安川已今非昔比。每次看到牌楼两边的大字，总会情不自禁地想起村里擅长书法的四位老人。很多年过春节，大部分对联都是他们所写，且大多系原创。最年长的是读过几年私塾的作德爷爷，他的字工整得近乎刻板，但贴在墙上你能感觉写字者曾经练习的功夫。作德爷爷写对联时，习惯不停地轻轻念叨。富才伯伯的字则透着灵气，听说参加过抗美援朝。作德爷爷和富才伯伯都已离世，留给村里的是他们曾经为邻里竣工的新房题写的字。健在的应和与仁育两位老人，则是科班出身的文化人，一位是解放后上过中专，一位是"文化大革命"前上过大学当高中化学老师至退休。应和老人擅隶书，仁育老师长于行书。两位虽年事已高，但过年还能见到写几幅对联。看他们写字，敬仰之情会油然而生。

在安川，能听到长辈们太多关于节俭的故事。很多年前，村里条件上好的一个家庭，把一百多元钱珍藏在谷子里，去加工厂加工大米时谷子倒进机器，忽然意识到里面有钱，紧急停机，钱已经碾成碎片，心疼啊。从那件事起，村里不再有人把钱放在粮食里。如果说待钱是村里人一辈子的心疼，勤快则是安川乡亲一生的习惯。长辈们只要身体能动就闲不住，不到地里干活会心里发慌。邻居作茂爷爷八十多了，去世前头一天还在地里干活。

安川的人和事，是此生珍贵的记忆。记得小学老师曾带着我们跟着村里民兵去山上寻找失踪两天名叫"让"的看山人；难忘穿着草鞋袜与伙伴禁山偷柴的情形；忘不掉生产队员喊着学大寨的口号造梯田的热火朝天；历历在目的还有酷暑的中午，生产队长一声令下，社员们戴着草帽去打豆萁或者烈日下抢割稻子的情景。虽然每次回村，总能听到过去干活如牛如今再也不见当年气势的老辈人故去的消息，但曾经的人和事依然清晰在我的记忆。

安川，已不再是昔日的安川。几乎家家用上了煤气，很少再用柴烧饭；曾经的泥墙屋，大多被砖房和水泥浇铸的新房所替代；从前的"赤脚医生"，如今已转成专职的乡村医生；原来只有居民户才能办代销店，如今已有三四家小卖部；原来到县城需要走三个小时到码头赶船，现在汽车可以直接从村里开到千岛湖镇。安川，曾先后荣获"县文明村"和"新农村建设先进村"等称号，被列入杭州市"示范培育村"。

　　安川，那片土地上走出来的我们温暖一生的镜子，镶嵌在此生记忆的最深处。每当心不静，只要想到安川，想到门前的小溪，心便柔软……

网友评论

▶ 徐贤悌
　　回忆着家乡的一切，己成为心中最温馨的美好。

▶ 万红卫
　　有山的地方有灵气。
　　这样的山村很令人向往。

▶ 快乐老小林
　　乡情是一支清远的笛，悠扬而深远；乡情是一个古老的童话，美丽而动人；乡情是一坛陈年老酒，醇厚绵延回味深！感动ing……

▶ 南岭樵夫A
　　二十六年前，当樵夫刚到北京的时候，曾经断言：即便岁月用凛冽的寒风，在我的前额刻下深深的刀痕，再用漫天的沙尘，将我搓揉成一个粗糙的北方汉子，但在我的内心深处，仍然流淌着家乡的那弯清清的溪水……

▶ 开心木头
　　心中最美丽的记忆，心中最难忘的图景！源头的故事，可爱的家乡！

20 母亲，随身手机唯接听

　　早晨给母亲电话，问她在做什么，母亲告诉正在弄火炉。老家冬天阴冷，靠火炉取暖，但现在用煤气灶做饭不像以前烧柴做饭可以把烧过的炭火直接搬到火炉，而需要用木柴单生火盖在先放进火炉的木炭上，炭慢慢燃旺才暖和。问母亲昨晚立春村里热不热闹，母亲说很多家放鞭炮，虽然年轻人大多又去城里打工了，但有的老人喜欢放鞭炮。

　　给父母每天打两个电话，是十多年来的习惯。父母还没有装电话时，我时常把电话打到村里有电话的人家，再让乡邻帮忙去叫。因为叫电话，邻居有时需要放下手里的活计。母亲每次都要带五毛钱去谢了邻居，有时邻居也执意不要，但叫的次数多了，母亲很不好意思也实在觉得不便。大概是1998年左右，说服了父母给家里装了电话（当时农村还需要一千多元）。从那时起几乎每天给家里打两个电话。更多的时候是母亲接，喜欢喝酒的父亲喝了酒后有时也抢着来接电话，大声地叫一声我的名字，"学武哎"，要么跟我说母亲在做饭，要么告诉我母亲到菜地里干活去了。父亲开心时会说起村里的人和事，有时还讲他做石磅的故

事。因为父母平时都是在厨房吃饭，电话也就放在了厨房的火炉边，而厨房离父亲住的屋子有好几十米远。母亲住在厨房楼上，接电话的次数也就多些。当时村里电话还没有完全普及，有电话的父亲母亲感到很方便，在外打工的邻居有时电话也打到我们家，母亲总是热忱地去传递，当然不会要"工夫钱"。

接电话成了母亲的习惯，寄托了父亲母亲对子女的牵挂。如果极难得地一两天没给他们打，父母会觉得很奇怪。尽管父亲母亲心疼钱，常常让我少打电话，但听得出来他们高兴。尽管父亲有时会因为母亲接电话比他多而闹意见，但偶尔也会主动问"学武今天咋没来电话？"

打电话承载了对父母的牵念，是我每天生活里的最自然。远在千里之外，电话里跟父母说一口从没忘却的老家方言，听父亲母亲说内心的高兴或者不高兴，于我满是温馨，但决意给一辈子不会用也不肯用手机的母亲买手机，是因为电话带给我的痛。前年6月18日，忽然接到妹妹打来的父亲病危的电话，心急火燎往家赶，机场候机时我怎么也没想到让弟弟妹妹把手机放在父亲耳边，在老人弥留之际手机里叫一声"叔（老家话父亲的一种叫法）"。愧疚，深刻在我的内心。父亲辞世后一周，不管母亲是否同意——坚决给她买了方便接听的老年机，希望随时能找到母亲。

母亲从未用手机往外打过一个电话。不识字的母亲只会按两个键，一个是接听键，一个是挂断键。每天早晨，上班路上我都会给老人打个电话。下班回来，也会不自觉地又给她去个电话问问做什么好吃的。过去不习惯更舍不得兜里装值钱东西的母亲，现在即使到菜地里干活都带着手机。母亲大概一周去邻村小集市买点东西，如果正好赶上给她打手机，母亲会大声告诉我"买了一斤多肉，一块豆腐，几根香蕉，今天花了二三十块呢"，那个时候，听得出母亲的声音满是幸福。

只会接听手机的母亲，如果偶尔一天没接到打给她的电话，就会怀疑是不是机子坏了，会赶紧找人看。有时因视力不好，按错了键手机被锁，打不进电话但她并不知道，晚上就会自言自语地说，"咋一天都不来电话"。用了一年半时间的手机，母亲是典型的"闻而不充"。老人不会充值，如同永远不会背我的手机号码一样。妹妹、妹夫负责给她充话费，她自己呢干脆放弃背我和妹妹的号码。在北京时曾试着让她记我的号码，以便遇到困难时急用，但"1，3，9…"操练了好几天，一个数一个数地背，就是连不起来，越提示越紧张，我也笑着让她别背了。

手机，于母亲，实用的唯有接听功能。随身带手机，或许能让母亲淡却些孤独，感受子女的惦念。母亲的手机，于我，每天给她打两个电话，会让自己安心一整天——岁数越大越觉得，手机的第一用处，其实是亲情的随时传递……

亲 睐

网友评论

▶ adelewu吴芳
这个写得真不错，平常琐事见母子连心。

▶ 王子格言
一天两个电话，寄托了这对母子太多的思念和亲情。这份情，很多在外工作的子女都得好好学学！

▶ 田舍郎
【尽孝尽可在耳边】一天两个电话，看似简单，其实不易，贵在坚持。因为工作关系，许多人尤其是从农村走到城市的学业有成一族，疏于与父母联系，说说闲话唠唠嗑。我们可能不能当面尽孝，但像学武兄这样在耳边尽孝要尽量做到。

▶ Lilysky
每天给远方的母亲两个电话，聊在市场上买了几根香蕉、晚餐吃的啥，以及炉火旺不旺。一直都敬佩学武兄，这些坚持不懈的体贴与平静淡然的叙述，像是一部纪录片，老旧的画面闪耀着温暖的光芒。也是一部真实的教科书：老吾老以及人之老。

▶ 高晶BrianGao
慈母手中线，游子身上衣。临行密密缝，意恐迟迟归。谁言寸草心，报得三春晖。儿时父母是我们的一切，现在他们是我们的牵挂。百善孝为先，我们都应该关心和用心爱他们，正如他们一如既往地爱我们。

# 最是那斧头背的一敲······

　　曾经做梦都想离开安川——生于斯长于斯的小山村，离开曾经壮劳力干一天活十分工只有三毛钱的那片土地，因为孩子多、家里是"缺粮户"有上顿没下顿的窘境，因为初中毕业后没书读、不到13周岁不得不回家务农，因为母亲想改变贫穷的愿望。

　　最早想离开安川，只是想找个师傅学手艺。那时农村人除了当兵转业可以到公社里当干部、到工厂当工人或者极个别乡亲顶父亲班到城里上班外，只有学手艺才能"吃别人的挣别人的"——省下自家口粮，手艺出师后可以拿师傅工资，除了交给生产队规定的每月应交的副业钱外，还能剩点家用。

　　第一次最长时间离开小山村，就是到县城排岭（现在的千岛湖镇）学了一个多月的木师傅。那个年代，做师傅的常常自己到各村去找徒弟带。当时外出搞副业的工资，师傅大概是每天两块五，徒弟一块五。师傅每个月要交生产队30元，徒弟则根据岁数和学徒年限按9元、15元或21元三个档交生产队。师傅除给徒弟应交生产队的副业费外，徒弟身上剩下的工资合情合理就归了师傅。记得是1978年春天，哥哥同学的哥哥，一位心地善良，手艺一般但脾气火爆的木师傅到家里，告诉父亲母亲会待我如兄弟。父母感动于这份热忱，也没细考虑是否适合干了两年活后还不满

14周岁且个小的我，满口同意让我去当学徒，而我打心里就不喜欢学木师傅——木匠的斧头、刨子和磨刀石等工具放在一起很重，但出门必须徒弟挑着。同时，学木师傅最基本的要会磨斧头和刨子等，而我始终没弄明白如何眯一只眼看斧头和刨子怎样才算磨锋利了等。

说来也怪，母亲挑着粮食送我到虹桥头码头后，我与师傅会合坐船去排岭，就是叫不出师傅两个字。原来直叫名字的熟人，改口叫师傅，叫不出口。到县城后，先到镇中学干活，城里同学看我小小年纪学手艺，很是同情，"这么小不读书，结棍（可怜、难受）啊"，我只是无言地看他们一眼。学木师傅，首先讲究"卖

亲蒘

相"，即块头要大，而我正好相反，所以师傅要求加倍苦练手脚（基本功）。在家里从没做过饭的我，一边练手脚，一边学着给师傅蒸饭热菜等。记得一天暴雨，在废弃的破灶房点火蒸饭，顺便把两双淋湿的布鞋烤在灶炉边，没过多会儿，等我跑回去看时，鞋子已经烧了大半只，很心疼又不能让师傅知道。更不习惯的是，晚上还得给承诺待我如兄弟的师傅端洗脚水，早晨则要端洗脸水。说不清楚的感觉，就是越发地叫不出师傅。

师傅心地不坏，但常跟干活的单位吵架，有时怪罪于我。我几次想不学了，但觉得这么回家有点对不住生产队、对不住父母。任凭师傅怎么凶我，也一再忍着。一天上午，正用小斧头背在旧木头上起钉子，因雨季木头长了青苔，很滑，不小心一斧头背敲到了左腿上，疼得我把斧头扔到了一边 ，满以为师傅会过来关心痛得掉眼泪的徒弟一句，可他看我双手抱左腿，颠着右脚打转，狠狠地说了句"该个（活该）！"当时真想一斧头扔过去，但实际上生疼得只说出了三个字"不学了"。

"不学了！"跟师傅说的最重的一句话，之后师傅再怎么劝说，我也不再听。没有路费，自己到县城上班的邻居那儿借了几块钱，一心想回家学竹师傅（篾匠）——竹师傅的工具只需一个手提篮，几把大小不等的篾刀，但因找不到师傅，未能如愿。

生活就是如此戏剧，学不成竹师傅，但赶上了恢复高考后的第二年初中中专考试。尽管过去的课本知识几乎忘光，尽管没有费用参加公社中学的考试辅导班，幸运的是同村有位一起读过初中、后来上了高中的同学参加高考，我从他那儿借了

复习大纲和语文、政治等复习资料，背了几天，考试时考出了语文六十多分、数学五十多分、理化（物理化学合一门课）11分（蒙的选择题）的成绩。虽未能考上中专，但成了之后公社中学同意我插班到初二、重新上学的理由。几个月后，凭着刻苦，考上了县城重点高中——淳安中学，之后上了大学。

最是那小斧头背的一敲，影响了一生的路径。这么多年，不论走到哪儿，从未忘却学木师傅的时光。虽是阴错阳差当的徒弟，虽然师傅没有在我不小心斧头背敲疼时过来安慰，但是，如果不是师傅的脾气不好，如果不是师傅来找我当徒弟，或许人生是另外一种轨迹。

感恩短短的学木师傅的时光，尽管未曾叫过一声师傅。始终相信凡事皆有因缘，只要心灵向善，就会活得简单，幸福随处可触。

网友评论

▶ 睦然·
兄长的博文淡淡的文笔中流露着真情，温暖着冬天的我们。

▶ 汉安某
正是那些此前未曾料想过的机缘巧合，构成了我们的人生。

▶ xuzhigang
虽然儿时的经历很苦，但正因为那份苦，才练就我们日后百折不挠的毅力和奋发向上的进取心。如果没有那份苦，也许成就不了今天的我们。儿时虽然苦，却是我们一生的财富。

▶ 厨房老妖
世间的事情真的很未知，如果师傅对你好些，顶多你们方圆几百里出个好木匠，生活的轨迹就变了！现在你是一名优秀的记者，对社会的贡献，对家乡父老的爱，可以更大更多。

▶ 王栋
斧背的一敲像是点睛之笔，敲出了另一片广阔的天空。其实，这一敲也只是一个印记，用心体会，经历自然会变成受用不尽的财富。

22 温暖是棉

　　雪没下成，冷了北京，不知老家是否气温骤降。晚饭前电了母亲，告我落了一天的雨，家里上了炭火。前几天就已经厚厚的霜冻，腰椎间盘突出做过手术、左腿有些萎缩的母亲，早早穿上了寄去的棉裤——怕母亲寒腿，夫人去年用两条秋裤剪开絮了棉花，并厚絮了膝盖和后腰，一针一针手缝而成了棉裤。母亲说，比上回寄去的用太空棉加厚了左裤腿的保暖秋裤还暖和。

　　老家威坪农村，年长一些的乡亲至今还会用盖几斤几斤重的被子，来说冬天家里暖不暖和，被子越重越显着可以御寒，而实际上本地产的棉花做成的重达10斤的被子，也是沉而不暖。即便是从商店买来的外地销到老家农村的棉花，请棉花师傅做成被子，也是硬硬的没有北方棉花做成的被子暖和。

　　体味到"寒窗"并不单指读书辛苦，是在县城读书的三年时光。一条四五斤重的旧被子伴我度过了三个冬天，半条当褥子半条盖在身上，遇上下雪天，晚上冷得哆嗦，身上所有的衣服裤子压在被子上也半天暖和不起来——"寒床"的夜里，总是盼着春天快快到来，夏天慢些离开。幸亏那时三十多个同学同住一间宿

舍，也就多了一份热气，但看着家在城里的同学一个人可以有一条被子一条褥子还有毯子，羡慕之极。

温暖于我，具体得就是对一件棉衣、一件绒衣或一条绒裤的向往。七十年代在老家小山村生活的岁月，很是羡慕当过兵的同村人，退伍时还发棉衣、绒衣、绒裤。而我，哥哥学平穿过的"卫生衣（绒衣）"传给我时，已经不暖和。冬天因为没有可换的保暖衣服，常常穿得长了虱子——为了第二天暖和些，睡觉前脱下，两个人抻着在火炉上烘烤，拍拍"卫生衣"，虱子掉进火里会噼里啪啦作响。为了御

77

寒，常是三件单衣服、三条单裤（有时只有两条）叠穿一起，哪里能像现在这样冷暖自知的分了季节穿衣。那个时候，冻得哆嗦的我想，等有一天成了正劳力（16岁以下为半劳动力，以上为正劳力），一定买两件绒衣两件绒裤换着穿。务农后重新去县城上学，看到城里同学既有褥子又有被子还有毯子时，下决心如果考上学校，一定给自己买十斤重的被子、六斤重的褥子，冬天也把自己捂出汗来，让父母也别再过一条被子扯着盖的日子。还要买多多的棉花，让全家人有新棉衣。

感受如棉的温暖，是到北京工作特别是成了家后，有垫被有盖被，还有暖气，冬天钻进暖暖和和的被窝，捏一把软软和和北方棉花絮的被子，幸福感会流淌全身。而更感幸福的是，知我的夫人在条件拮据的岁月里，还织毛线衣毛线裤给千里之外的父亲母亲邮去。条件稍好些后，夫人便买了上好的料子，自己给父母一人做好几条裤子寄去过年。后来，干脆从北京絮了棉被、买了电热毯寄回老家。

难忘曾经没有毛衣毛裤、没有厚被子过冬的日子，这么多年也因此最怕父亲母亲冷着冻着。问寒，在我的内心总是比问暖分量更重。

温暖是棉。不冷了母亲，牵念的心也变得温暖……

网友评论

▶ 王栋
　　温暖，来之不易，却又那么简单。经历过了寒冷和磨难，现在的幸福和体贴才更加地珍贵和真实。

▶ 地头割草
　　亲情是力量的根源。

▶ mmc3123
　　浓浓的亲情，让冬天的严寒不再刺骨……

▶ shenjun747
　　孝心缝在棉裤中，暖在老人心坎里。感动！

▶ 王子格言
　　一件棉衣、一条绒衣和一条绒裤一直温暖着我们记者的心，以致这位记者长大后写出了越来越多的优秀文章，这就是"棉"的微力量！

23 禁山斫柴①

老家山区长大、上45岁的乡亲聚一块儿，聊起禁山砍柴，老家话里叫斫柴，很少有不兴奋的。

上世纪七十年代，安川村（当时叫大队）与别的山村一样，家家户户都要用柴做饭和烧猪食，而农村的大灶、大铁锅又极费柴，每家每年都需要数不清的柴禾。柴是粮食之外重要的生活必需品，那个时候，近山的柴都被斫得差不多了，而远山半山腰以下也被开荒种玉米、大豆或茶叶。乡亲们斫柴只有两个地方，要么到很远的高山，要么冒险到近些的禁山。

到远山斫柴，需要早早地出去，一般一天只能斫一担，而不管远近，稍微茂密点的山林，村里都派专人看护。有专人看护的山，称为封禁山或禁山。到禁山斫柴，最大的好处是，柴粗、丛林茂密，只要刀磨得快快的，斫柴速度会比非禁山快一倍，一个半小时左右就能斫一担，离家也相对近些。风险是，如被本村看山员抓到了，不仅要没收斫好的柴和柴冲②、搭柱③，还得扣罚15分工，但

---

① 斫柴，砍柴。斫，zhuó，砍伐。
② 柴冲，小树杆制成的两头尖的挑柴工具。
③ 搭柱，一头扁平，挑柴时可支着柴冲歇肩的工具。

到邻村禁山斫柴被发现，顶多没收工具和柴。

那个年代，小伙子小姑娘尤其是壮劳力，不分男女，极少没去禁山斫过柴的。一次，听说安川里面的道仁村放电影，年少的伙伴们跟着两个大人潜伏到了放电影的大队屋后面的禁山，电影音乐高亢响起，我们便飞快地斫倒一片柴丛，而音乐声变弱时大家便悄无声息。两个小时电影快放完时，大家已经斫了一担柴挑到路上，电影散场的人们看到一群人挑柴从大队屋前经过时，半损半佩服道——"这帮小子，动作太快了"。

在本村禁山斫柴也有被发现的时候。记得一次，跟着在工厂当工人的堂哥学友去禁山斫柴，快斫够时，被看山员发现了，死活要没收工具和柴。堂哥好像早有准备，赶紧跑过来递给看山员一根新安江牌香烟（当时二毛四一包），看山员一看是在厂里当工人的同村邻里，给了面子，"赶紧走吧，以后别再来了"，堂哥顺着说，"好的好的，以后注意"，带着我们迅速整理完担子，化险为夷挑着柴欣欣然回家了。

到禁山斫柴很需要反侦察意识。看山员有时会故意放根细柴或粗草横在你可能经过的小路上，如果你把他做的标记碰到一边了，看山员就知道肯定有人进来了，便通知其他看山员来围截你。一天下午快五点钟，我们一帮小伙伴到邻村禁山去斫柴，刚进山一会儿，发现了看山员放的标记，大家悄悄

亲疼

地绕开，进了旁边柴丛里正准备开斫，看山员哼着小曲上来了。大家大气不敢出，想等他过去。看山员好像知道有人躲在里面，过了一会儿又折回来，来来回回走了近两个小时，小伙伴们一动也不敢动，一直听到看山员下山，大家才放开了速度，不管不顾地开始斫柴，而那时月亮已经出来。月光里，伙伴们挑着潜伏两个多小时后斫的柴，一种侦察兵般的得意荡漾在大家的心头。

　　安川现在的高山早已退耕还林，随处郁郁葱葱，再加上家家都用上了煤气罐，已不再像过去那样需要大量柴禾。禁山偷柴，成了特殊时代的回忆，印记在脑海——每次回家，看到乡亲们打开煤气灶，跟城里人一样做饭时，一种发自内心的轻松油然而生——农村日子在变好，乡亲的生活品质在提升。

　　再苦的日子也有快乐，再简单的生活也有刺激。不远处，今天的山峦，已经很有些原始森林的味道……

网友评论

▷ 糊涂
　　那个年代里，虽然生活清贫，可是如今回味起来，依旧意犹未尽。虽然我没有经历"工分"的年代，但是我晓得，简单的生活、简单的心、简单的人际关系，永远是我们所向往的。

▷ 安百杰
　　深有同感。姥姥说，那个年代上山砍柴，被看山人捉住，有时会被痛打一顿。而今家乡的山上被开荒了，树越来越少，看到心痛。

▷ 蓝一薰
　　年少时的回忆，那时跟着大人们进山砍柴，总认为能见到美丽的仙女。

▷ maureenwoo
　　紧张忙碌中看到王老师的博文，心定了，静了，不再闹腾了。能够忆起纯真，也是幸福指数的一个参考指标呢。

▷ 陈林清
　　禁山砍柴，成了特殊时代的回忆，只有经历的人才能体会苦中有乐。

 24 威坪①女人

　　到过惠安，你会叹服惠安女的吃苦耐劳。如果你到千岛湖威坪山村，走近威坪女人，也会被威坪女人的特质所触动。

　　见过威坪女人干活，你不会不感叹她们的勤劳。村里的土地还是生产队集体管理的年月，女人每天标准工分最高为9分（男人为10分），但挑大粪、挑石头、插秧、开荒、斫柴割草、夏收秋种等男人干的重活、苦活，女人没有不干的。清晰地记得，我家所在生产队里，竹花、徐迪、夏义、雪女、圆面等当年正值四十多岁和三十来岁的女子，计件干活时能挑一百六七十斤，背树时甚至能背近二百斤。无论春夏秋冬，干着男人一样活的她们，下工后，还得去自家菜地施肥种菜。不仅每天早早给家人塔苞芦馃（玉米饼），中午满头大汗地赶回家做饭，晚上收工回家还得做晚饭。稍稍农闲的季节，晚饭后你会看到几乎家家的女人都会纳鞋底，给丈夫和孩子做布鞋。每年除夕的年夜饭前，热水洗完脚后，家人们穿的新布鞋，都是她们利用晚上的空闲时间做的。孩子长大后，给儿子盖房子娶儿媳，几乎成了威坪女人们持

---

① 文中所提威坪，现为浙江淳安县威坪镇。

家的目的和目标。盖房子人家的女人们，不仅要忙乎做饭给雇来帮着造房的手艺师傅和帮工们吃，还利用空隙背树、挑土。

　　威坪，人多地少，撤乡并镇前是欠发达的淳安县乡镇中最贫困的山区。地少，且多是山地，资源匮乏，养母猪下小猪卖，是那个年代不少家庭的重要经济来源。在近二十年的时间里，我母亲也是靠养母猪支撑家用，母亲不辞辛劳地一日三餐烧猪食给母猪和小猪吃，还不能耽误地里的农活。这些年土地分到户后，重活少了，但养蚕季节，起早贪黑，依然是待在村里的女人们的活计。摘蚕叶再早，半夜里起来喂蚕叶次数再多，你听不到她们叫苦。一位与我母亲年龄相仿的大妈，老伴每月有三千多元退休工资，儿子在乡里上班，女儿县城开酒店，家境尚好，但大妈就是在家歇不住。每次从县城儿女家回到村里，见到土地，就想干活。"嬉（玩）不住啊"，不仅仅是口头禅，更是闲不住的威坪女人的真实内心。勤，是威坪女人的标志。

　　心疼钱，是上了岁数的威坪女人生活观。生活变好后的今天，你就是给他们买了再多的衣服，告诉母亲们衣服多便宜，她们也舍不得穿着新衣服到地里干活。过惯了苦日子的她们，新衣服的情结等同于过年。经历过借鸡蛋给孩子交学费的日子，经历过借鸡蛋换盐的窘境，对钞票的触感，对钞票的心理感觉，年轻的女人极少会感同。穿过多年麻布衣服的威坪女人，一床被子会像传家宝一样，从父亲传给孩子；一件衣服总是老大穿了给老二，老二穿了再给老三，直到无法补丁。如今条件好了，当她们偶尔去小镇，肚子饿了进小店，即便兜里揣着钞票，买碗馄饨，买个菜馃，或者两个肉包子，于她们已是奢侈。大概是1994年左右的一年春节，妹妹香兰来北京，夫人将省吃俭用存下的一千元钱给了她。妹妹坐火车回家，怕钱丢了，愣是把钱放在鞋垫底下，穿回了家。

如今的威坪女人，生活条件大为改善，年轻女子大多到城里打工，不再生活得像母辈那样艰辛。节俭，是上了岁数和经历过贫穷年代的女人，或者虽年轻但知苦的女人的习惯。邻居初迪在乡镇企业退休了，有退休工资，但每年还要养好几季蚕。邻居夏义，儿子媳妇很孝顺，城里买了房子，希望她到城里住，六十多岁的她就是愿意自己在家种油菜、种大豆、养蚕。即使子女寄钱给上了岁数的母亲们，除非万不得已看病用钱，大多会攒下来，不识字的她们哪怕托人也会把钱存到银行。同村的一位奶奶，晚年骨头摔断了，就是舍不得花钱去医院，宁可疼也愿意把钱留给孙子，最后长了褥疮，去世前兜里还有三四千块。天晴防落雨，是她们真实的内心。攒了钞票，于她们是一种最踏实的幸福，最安全的心灵保障。俭，是威坪女人对钱的心疼。

从上大学到现在，离开老家三十年，有两个威坪女人守护男人的故事一直未能忘却。一位邻居叔叔，脾气甚是不好，常常会拿着竹竿打得老婆满地跑，劝架的人看不下去了，都希望他们离婚，但是他们每打一次架会安静一段时间，然后又剧烈地追打，最后实在过不下去了离了婚。但是，离了婚的他们依然在一个锅里吃饭，依然住在一间屋子，后来叔叔病了，婶婶任劳任怨的伺候，直到他去世。同村还有一位大姐，工厂上班的丈夫不到三十岁时精神失常，但到现在大姐依然无微不至照顾。她们身上，你能渐渐感受到什么叫忍。我似乎明白了曾经的威坪女人为什么生孩子的前天还能在地里劳动，生完孩子后三五天便下地干活。仿佛理解了威坪女人的韧。邻村的一位叫桂英的女子，在地里干活时居然独自把侵害庄稼的一头野猪打死。韧，是威坪女人对磨难的容忍。

在威坪，曾经与男人几乎同工的女人，你很少听到她们为家务活而打架，即便是在最艰辛的年代，白天跟男人一样挑石头，一样的天晴晒下雨淋，但她们很少让男人做家务，她们把洗衣服做饭视为自己的本分。不仅如此，腌菜管，腌辣酱，腌萝卜干，腌梅干菜，腌腊肉，现在四十五岁以上的女人，很少有不会干这样的活的。但是，家里来客人时，她们不会上桌吃饭，只要客人高兴，他们就开心。吃的、穿的，总是先紧着丈夫、想着孩子，独独很少想到自己。从威坪走出的孩子，每个人都能讲出母亲无私的故事。贤，是威坪女人的自觉，也是威坪女人不经意的生命之歌。

想起威坪的生活，你会时常被感动，感动不识字的母亲"卖茅房衬（供）儿子读书"的信念，那种再艰苦也要"衬（供）儿子学手艺"的理念。从威坪山村走出来上大学的孩子，几乎每个人都可以讲出母亲认定只有读好书才能有工作、才能改变家里条件，千方百计供孩子读书的故事。从威坪走出创业的子女，同样可以说出母亲坚信"学手艺才可以吃香的喝辣的，才可以有钱盖房子，才可以找个好媳妇"的朴素道理。慧，是威坪女人的通情达理。

勤，是威坪女人的标志；俭，是威坪女人对钱的心疼；韧，是威坪女人一生对磨难的容忍；贤，是威坪女人的自觉；慧，是威坪女人的最通情达理。

网友评论

▶ 亚君老师
　真切地感受到了女性的伟大……但不想让心爱的女人受那么多苦……

▶ 南行大叔
　农村妇女最大的特点就是：任劳任怨，吃苦耐劳，全心全意照顾家人。其实不止是农村，我母亲这一代的妇女，乃至再往前追溯，都有这样的美德。不过时代变了，观念变了，我们不能不顾女人的生理特性而强求她们像男人一样，呵护身边的每一个女人，现在是男人的美德。

▶ 陈肖然
　勤劳，简朴，坚韧，贤惠，包容，大爱，无私，奉献，无尽的赞美之词也表达不了我们的全部感恩感动，威坪女人，这就是伟大典型中国女人代表！代表中华民族那千百年来无数可爱的母亲，可敬的姐妹！

▶ 睦然06
　写出了中国传统女性的优秀美德！

▶ 易文飞
　好文章，"勤、俭、韧、贤、慧"，何止是女人当以如此。

亲疼

25 鸡蛋和大豆，硬通货二十年

　　每次去菜市场，总会不自觉地到卖鸡蛋的摊位转转，看着老板小心翼翼地码放鸡蛋，我常会情不自禁伸手去触抚放在筐里或者柜面上均匀好看的鸡蛋，一种亲切感流淌心间。

　　1969年上小学起，到1986年大学毕业工作前后，大概二十年左右，鸡蛋，一直被老家村里人视为宝贝。说宝贝，是因为不是随随便便吃得上，更不是什么时候都舍得吃。鸡蛋，在那个年代的老家，几乎等同于钱。没钱买盐，只能拿鸡蛋到村里代销店兑换，按一斤鸡蛋七毛钱卖给店里换成盐。没钱交书费学费，有时也得等着家里母鸡下蛋，然后凑成一斤或二斤（一斤一般八个），卖给在工厂上班或在公社里当干部的家庭。我和哥哥读小学时，每学期的书费、学费，记得都是一块五毛钱，因家里困难，常常不能按时交到学校。母亲有时借不到钱，就问别人借鸡蛋，等自己家的鸡下蛋后再还。那时，田地还没有分到户，一家也只能养三四只母鸡，每天鸡舍里的母鸡放出来前，母亲第一件事是用手指抠抠母鸡屁股里有没有鸡蛋，如果有，就不把鸡放出来，防止蛋下在外面。孩子们后来都学会了这一招。

说鸡蛋金贵，是因为贵客来家，才可能做醪糟荷包蛋待客。而且重要的客人只有一个人来时，才有可能煮五个荷包蛋。如果来两三个客人，只能每人三个荷包蛋。赶上没鸡蛋又借不到时，只好煮一碗腐皮（薄薄的鲜腐竹）当鸡蛋待客。后来，鸡蛋涨到一块多一斤，母亲更是当宝贝。因为鸡蛋金贵，农村人给坐月子或逢十年过一次生日的亲戚送鸡蛋，从村里走过时，遮盖的布常常会露出一角。

与鸡蛋一样金贵的还有大豆。现在的人大概以为，大豆只有做豆腐、榨豆油或者做豆浆、腌辣酱用，二十多年前，大豆对老家来说，却有特别具体的经济功能。家境贫穷的家庭舍不得用大豆做豆腐，更多的时候是拿到粮店换大米、面粉，一斤大豆换二斤米，或者一斤六两面粉。如果家里有人出远门搞副业，或者有孩子在县城读书，带粮食不方便，大队里开证明后，可以用大豆到粮店换成周转粮票和钱。大豆兑换粮票和钱，1斤大豆换2斤周转粮票和0.32元钱。农村人用周转粮票到城里买米，要比城里居民户的定额粮票贵，买一斤米需0.16元，而用定额粮票买一斤米，只要0.136元。很多次，我看见母亲把生产队分的大豆里歪瓜劣枣的豆子挑出，圆润饱满的大豆拿到粮店里去兑换，而不好看的豆子则留到春节做豆腐。

鸡蛋和大豆硬通货功能的淡化，是老家农村土地分到户后，家里不仅养蚕，还养母猪下小猪卖；再后来，我参加了工作，母亲再没有借过鸡蛋，大豆也回归本来的做豆腐、榨豆油等用途。上世纪九十年代以后，母亲也时不时去店里买一斤、二斤鸡蛋回家，上好的大豆也开始想做豆

腐就做豆腐。

　　鸡蛋和大豆作为硬通货的年代已经远去，但我依然能感觉，鸡蛋和大豆在母亲心里的那份亲切，那份金贵——很多年里，回老家过年，母亲总是愿意用自己种的大豆做豆腐给我们吃；每次从老家回来，母亲总是希望煮几个鸡蛋让我们带在路上……

亲瘵

网友评论

▶ xinran欣然

　　这是一篇忆苦思甜的博文，虽然没有经历过那样的年代，那样的生活，却边读边想到女儿看到鸡蛋是满脸的厌恶。现在生活的富足，缺失了精神上的感恩。也让我反思自己的教育方式，也许让孩子们读读这样的文章，比说教更为有效。

▶ 王才亮

　　同感。母亲在时我们忙，若是仙逝梦断肠。可惜岁月不倒流，最忆孩提好时光。

▶ 雨杭时间

　　小小的鸡蛋承载着妈妈温暖而朴素的爱。

▶ 斯瑚

　　特别喜欢你写的小时候的故事，生动得就像在我眼前一样，（你说妈妈送鸡蛋挎着篮子，故意露那么一角，特别有趣）一幕幕的~~周末的早晨读着，虽然过去的日子有许多的清苦，现在写着读着，感觉特别温馨……

▶ 守谦的热炕头

　　出身农村的孩子，都有不少与鸡蛋有关的记忆。

26 母亲，苦乐乾坤

极少听母亲说生活的苦，即便在温饱都得不到保障的岁月。听母亲说起以前的不易，也是因为老人感慨现在的幸福。母亲一直抱定日子会好起来、生活会好起来的信念，因为信念坚持，影响并改善着全家的生活，也决定了我的命运。

母亲属兔，虚岁今年73，10岁时外公去世。因外婆有重男轻女思想，母亲没上过一天学。为保证两个弟弟读书，12岁时她已经开始做田地里所有的活了。母亲嫁给同样不识字的我的父亲后，命运并没有改变。母亲生了我们兄妹四个孩子，生活的担子反而更重。日子，是母亲心里每天的乾坤，具体到曾经有上顿如何找下一顿的盘算。

母亲坚持养了近二十年的母猪，每年靠卖小猪来维持和贴补家里的生活。母猪一年下两窝小猪，一窝一般养四五十天，每只长到七八斤到十几斤时卖掉。母亲养母猪经历了猪价的变化，从最早的小猪卖三毛多一斤，一直到后来的几元钱一斤。记得上世纪七十年代，因为家里没有专门的猪栏屋，只能在两家共有的茅房隔出一半来养猪。淘气的小猪数次掉进很深的厕所里淹死，那个时候母亲总是伤心得不说话。

小猪是家里重要的经济来源。不仅我们兄妹几个靠它交书费学费，父亲身体欠佳，家里又常是缺粮户，母亲不得不先向人家借钱，然后还给人小猪。这样的日子持续了很多年。母亲卖小猪，第一次挣的最大一笔钱是1992年，母猪下了14只小猪，养了50天，一个猪仔经销商上门收购，一窝全要了，一次付了1400块。母亲数着那么多钱，不敢相信是真的，怕上当。第二年，母猪下了8只小猪，卖了1600块，母亲还是担心钱会不会是假的，拿去店里问了问没问题后，把所有欠人的钱全还了。养母猪很费心力，每窝小猪起码需要几百斤玉米，必须一日三餐烧猪食，母亲还不能耽误地里的活。再加上母猪下小猪后，有时不吃东西，母亲很是担心母猪生病，实在感到心力不支时才没再养母猪。

母亲一生最果敢的决定，是说服父亲同意初中毕业务了两年半农的我重新去上学。1976年，我从公社初中毕业，当年升高中还实行推荐制，因为哥哥已经在读高一，老少三代贫农家庭只能保证一个孩子上高中的规定，使得我不得不回家种地。而我在务农的时间里，上午砍柴下午挣工分，虽然毕业时还不到13周岁，但一年已能挣1800个工分，帮着家里变成了余粮户。如果重新去读书，家里就意味着有可能再次陷入缺粮户的困境。但是，连高中都没上，我总觉得抬不起头，母亲看出我的心思。1978年底，母亲找到当时的公社中学校长，学校让我插班在初二。用了三四个月，凭着刻苦，1979年我考上了县里重点高中，之后上了大学。

一生中母亲最难的日子，是家里突然失火，房子被烧。

1980年，在地里干活的父母，忽然得知家里的房子烧了，因为是好几家共住的老祠堂式的房子，到后来也没有找到原因。母亲赶回家时，什么都没了，省吃俭用抠出的准备盖房的粮食化为乌有。没有了家，没有了一切，母亲几乎被击倒了，而当时我正在县城读书。走投无路的情形下，同村的让成伯伯和银香姆，同情我家的遭遇，将他们家一栋房子借给了我们住。母亲特别感谢让成、银香夫妇伸出的援助之手，也下决心在一年之内重盖一栋泥墙屋，而当时，没人相信母亲能做到。

什么都没有的情况下，想重新盖房子，难度可想而知。父亲和母亲愣是自己背树、挑石头，在借不到钱但又不得不雇人时，母亲承诺还给人家工夫，等人家盖房子时自己去干相等时间的活。第二年春节前，正好一年时间，家里盖好了新房，虽然只是泥墙屋，新屋子内的地面还是湿着的泥地，四面透风，但我们又有了家。

在最难的那段日子，母亲也不后悔让我重新读书的决定。说起家里房子烧掉后一年时间重新有了家，母亲说，再难也不能没有志气。母亲总是说，可以借钱但不能欠钱，暂时还不了得告诉人，还不了钱可以给人干活；日子可以苦，但更需要会过。什么时候，都不能忘掉别人的帮助。母亲感恩的心思影响着我，每次回老家我第一件办的事就是去看望有恩于我家的让成伯伯和银香姆。

坚持养了近二十年的母猪、同意我务农后重新上学、白手重建家园，三件大事，缩影母亲的苦乐年华，

但在我心里，更觉得是母亲内心的乾坤。再苦的日子也没改变母亲的信念——日子总会好起来的，虽然母亲连"信念"二字都不会写。

网友评论

▶ 记者吴永俊

母亲的乾坤在那弯弯的皱纹里，在那细缕的白发里，在那深情看着晚辈的眼神里……

▶ 中国之声－王健

每个人在内心里都有写篇关于自己母亲的冲动，我也时常有，但无从下笔，因为无从说起也无从结束。从我们不谙世事开始到奔波忙碌顾不上老人家，母亲总在背后默默地支持。

▶ 徐志刚的微博

母爱很伟大，在困境中的母亲更能表现出她身上优异的品质。母亲不仅给了我们健康的体魄，更给了勇敢面对人生的勇气和乐观豁达的心胸。祝天下所有的母亲健康长寿，幸福平安！

▶ 新浪手机网友

看着就感动，父母一代很不容易，他们没有发财，没有惊天动地的伟业，但他们永远是儿女心中的伟人。

▶ 晏斌

读了学武先生的博文《母亲，苦乐乾坤》，感触彼深！母亲的信念，不在于她有无识字，而在于识理，看似难以理解，实为真实存在。一个识理的母亲，会改变一个人、一个家，甚至一个族的命运！伟大的母亲，是我们骄傲的资本！

27 磅师傅老王

父亲曾经无数次地说起，在哪儿哪儿"做过生活"——威坪话里意为有手艺的农村人，跟生产队谈好每月交多少钱后，外出找活儿挣钱。父亲每次跟亲友、邻里或孩子，讲起过去"做生活"，实际上是讲自己做过的砌磅、筑路、填屋基等跟做石磅有关的经历。磅，读bàng（老家话里，读pàng）。做磅，本意指砌磅或垒磅，用石头砌成石墙、石坝、石堤等，后扩展为凡用石头做的工程，诸如修石板路、筑石阶、填屋基，还有砌梯田间的堤，均属磅师傅的活儿。

做石磅技术，在老家尊称磅师傅，在农村，属不是手艺的手艺。不是手艺，指的主要靠自己的悟性没有专门的师傅。说是手艺，做磅是因石材施用的活儿，不仅要求牢固，还得好看，这一切都要在年轻劳力抬运石头来的瞬间判断。用溪滩里挑来或者放炮运来的小石头、碎石块做小磅还不难。考验技术的是农村盖房子，挖好了地基，通常由四个或八个壮劳力，从山上抬来一块块放炮劈开和凿开的好几百斤的岩石，当石头抬到时，磅师傅需要根据石头的形状和大小，在几秒钟内确定石头摆放的角度。有经验的磅师傅常常引导抬石头的小伙子们轻轻放下，往往不偏不倚地放在该放的位置，或者用铁杆稍作撬动便与左右的石头犬牙交错相得益彰。如果做不到迅速决断，抬石头的会埋怨，因为抬着大石头很吃力。有的人见你半天不知咋放，会干脆随意放下不管，然后由磅师傅自己折腾。说磅师傅是手艺，更因为农村土地分到户前，磅师傅外出做生活，每个月须交给生产队里30元钱，与木匠、油工、裁缝、瓦匠等手艺同等对待。

父亲讲起给别人填屋基的经历，总有几分得意，我刚工作时还见父亲应邀去给邻村盖房子的人家帮忙。父亲回忆最多的是，上世纪七八十年代到县城搞副业做磅。父亲组建的小包工队大多是有活时在一起，没活了解散。父亲作为小包头，实际上只管做磅。因为不识字管不了账，不懂成本预决算，竣工时常因大家预支过多，最后挣不到什么钱，但生产队里的钱还要照交，交不出来便要扣粮食。

回忆起县城里做磅的情形，父亲总是充满自豪。岁数大点的邻村人提起父亲，总会亲切地称他"磅师傅老王"。提及几十年前在县城的游泳池砌磅、文化馆后面开山筑磅、影剧院做石磅、开发公司毛猪站的石方工程，还有去黄山修路，清晰得仿佛刚刚竣工回来——其实父亲做的石磅，现在的县城已经很难找到。说到工程单位领导和施工员叫他王师傅时，父亲心里总有几分快乐。回忆工友一起干活时偶尔预支点钱打平伙——买来猪肠猪血猪心等，放进白豆腐一起炖熟，一起喝着打来的散酒时，父亲常常沉醉在幸福中。后来年岁大了，父亲身体不好，我也不愿意他再干活，但父亲常常的口头禅还是，"如果我身体好，会有很多人请我去做磅，能赚钞票……"

"磅师傅老王"说起做磅，提及最多的是一种梅花磅，我大

概知道，那是用一种材质很好的石头砌出的石磅的形状。我想，

这或许是父亲心里最美的图案，是父亲在世时内心的辉煌。

网友评论

▶ 广播人沈雷

　　人类的历史是靠多少个"磅师傅"垒砌起来的，在一个社会中虽然他们做的是最最不起眼的活计，但却是一个社会基石建立者，很感触你的这篇博文，也很敬重你的父亲！

▶ William

　　父辈的勤劳，让他们得以心安理得地享受平实的生活；平实的生活，是最让人踏实的生活。

▶ 况玉清

　　王老师行文朴实，感情真挚，这种感情往往不是城里人所能理解的。我也是深山中走出来的，对父辈、祖父辈他们的勤劳、朴实深有感触，这绝非城里人能比……

▶ wangsongyun918

　　我们曾经渴望脱离父母、远离故土，为的是证明自己的成长。好长一段时间，我们的内心里全然忘了父母，好像自己是独立的个体，跟其他人没什么关系。可是，突然有一天，不知是被什么所触动，我们发现，原来自己早已深深烙上了父母双亲的印记。他们生命里的喜怒哀乐、挫折困苦，甚至无奈和满足都留在我们的血液里。我们的人生因此而丰满且真实。父亲自豪的笑容是我们再回首时最美丽的风景。

▶ 杨立范

　　我们的血管里流淌着父辈的血，父辈的朴实、勤劳等品格就像一面镜子常常照射着我们，鞭策着我们。

28 威坪三宝

生活的记忆常跟吃有关。上世纪六七十年代出生的威坪人，对伴着自己长大的苞芦馃、辣酱、菜管，或许有不一样的情愫。

老家威坪因是山区，坡地为主，水田甚少。田，在老家是指既可种水稻也可以种其他农作物的位于山脚的平地，一般离小溪、水渠近。地，专是指山上的坡地，以种苞芦（玉米）、大豆、小麦为主。苞芦产量高，也就成了农村人的主粮，苞芦馃是家家户户的主食。晒苞芦曾是村村的风景，苞芦粒晒在各家的屋边的坦里，金灿灿的让你觉得生活很踏实。苞芦晒干去大队加工厂磨成粉后，便可以做苞芦馃（玉米饼）。

做苞芦馃，土话叫"塔苞芦馃"，是每天早晨的必须。先是在大铁锅里烧开适量的水，倒进苞芦粉搅拌后，用炒菜的铲子来回使劲按，老家话叫打苁。打好的苁放到灶面案板上，双手搓成长长的现在的粗火腿肠状，切成均匀的一个个的面团，用手速揉成小塔形后，再用掌心搋成饼状，贴在已经烧烫的锅里。一锅大概能烙七八个馃，每个馃两面各烙一分钟左右便熟了，香喷喷的可以就着炒尖椒、菜管，或者用腐乳刷在苞芦馃上，你会吃得回肠荡气。家里塔苞芦馍，一般要塔够吃两三顿的，大人上山干活带，孩子到中学读书带，只要在炭火上一烤，又跟早晨刚做熟时的味道一样，醇香扑鼻。苞芦馍，就菜管、腐乳或尖椒炒的豆腐吃，上学的孩子能吃五六个，壮劳力们可以吃七八个甚至十多个。

由青菜和白菜腌制而成的菜管，曾是威坪农家最主打的菜。我家安川跟威坪其他村子一样，菜地适合种青菜，北方人叫油菜。青菜中杆白的叫白菜，跟北方的大白菜质感不同。每年下了霜后，家家户户便从菜地剁了大颗的青菜或白菜，整担整担挑回家洗干净，切成比萝卜丝稍粗的形状，在大锅烧开的水里焯一焯，捞到布袋里，放上一块大石头压个把小时。水压干后，菜管倒在大盆子里搓四五分钟，放进盐和切碎的生蒜，再洒上红辣椒粉，拌匀后，倒进大坛子里，腌上一周或半个月就是地道的菜管了。腌过的菜管，尖椒炒熟，或者放进砂锅里跟肉炖在一起，特下饭。

威坪人离不了辣酱，在老家县里是出了名的。因为贫穷——农民要上山干活，辣椒最下饭；外出搞副业，带一罐炒得干干的辣酱或者用毛竹筒盛的辣酱炒的梅干菜，能吃一个多月。

辣酱，有青辣椒酱和红辣椒酱两种。红辣椒腌得不仅好看，保质时间也长些。腌辣酱，除了辣椒，还要有大蒜、生姜和食盐，条件好些的还会放点白酒，但更重要的还需上好的黄豆煮熟卤成酱豆。农村土地分到户前，条件差的家庭，不太可能用好黄豆卤酱豆，自然味道也就差些。而谁家的辣酱腌得好看不好看，味道好不好，不仅体现家境，也是衡量女人操持家务能力和会不会过日子的重要标准。炒菜特别是炖菜时，放进漂亮的辣酱，如果能有点肉丁炸在里面，别提多香了。我们家虽然家境贫穷，母亲却总能用挑选上乘黄豆后剩下的次豆，卤出好看的酱豆，腌出上佳的辣酱。说来也怪，无论炒菜还是炖菜，只要放进辣酱，在那个贫穷的年代，日子便会变得有了生机。

苞芦馃、菜管、辣酱，作为主食、主菜的日子，已经远去，现在威坪农村的生活，已经以大米为主，辣酱成了佐料，菜管已不像过去那样整坛整坛的腌制，原来的主食、主菜成了餐桌的稀罕。如果你到威坪，不特意提出想吃苞芦馃、辣酱、菜管，还未必能吃得到。

网友评论

▷ Serenity
我老家也是威坪，读着这三宝，口水都快流出了！哈哈哈！

▷ gongjiaoliulili
"家"的味道。

▷ 李颖one_and_only
不管在哪儿，妈妈的拿手菜一摆上桌……"家"的味道就对了。

▷ 新浪网友
哈哈，一帮老乡围在这儿流口水。

29 排岭记忆：珍馐三弄

　　有高中同学看了博文里关于威坪的文字，短信我说，对威坪生活不能感同，因为同学从小在城里——千岛湖镇长大，让写点千岛湖的记忆。

　　千岛湖成为风景区，应是1982年之后，那时我刚刚到千里之外的四川上学，淳安县城改称千岛湖镇也应是那以后的事。此前县城一直叫排岭镇———所谓排岭，我的理解或许是指山岭叠排的意思。

　　对排岭的记忆，于我是三个片段。第一次到排岭是1974年，因父亲在排岭搞副业做石磅，那时我上小学五年级。第二次到排岭，是1978年夏天，初中毕业后务了农的我到排岭学了一个多月的木匠。第三次是1979年考上淳安中学后在排岭的三年读书生活。三个片段，有三种美味一直香在我的记忆里。

　　抹不掉的记忆，是曾经的偶尔吃上油条泡豆浆的回味——三分钱一根，炸得透透的脆脆的小小的油条，泡进六分钱一碗的甜豆浆。买两根油条掐成一小段一小段地浸在滚烫的甜浆里，油条吸了豆浆，豆浆融入刚炸透的油条味，沁入心扉的感觉。在排岭，早晨看到居民户的奶奶或阿姨一手挎着小菜篮，里面有金灿灿的油条，一手提着热水瓶装着豆浆，心里很是羡慕，那时我想这就是居民户的日子啊。因为想吃油条泡豆浆，在学校读书时，曾克扣自己买米的钱——本该买10斤米，会少买两三斤，抠下钱，第二天晨跑前奔向火炉尖——学校附近的路边一小吃店，排队买上两根油条一碗豆浆，心满意足地坐在店里，热乎乎，甜蜜蜜，拥享克扣自己的成果。而吃到油条泡豆浆那天，早自习背英语单词或语文课文的效率似乎会高好多，但数天后，就会为少买了米而付出代价——"打游击"，同学那儿蹭米蒸饭。

曾经的排岭的日子，回肠荡气的还有偶尔吃上小小的薄如蝉翼的馄饨和油光发亮的菜馃。记得排岭镇中心的十字路口的一侧是一排平房，都是小吃店。读书时的星期天，难得地跑到那儿的馄饨店买一碗现煮的小馄饨，再就一个菜馃吃时，内心总是幸福得在唱歌。记得老县医院下面拐角处还有一个阿姨开的馄饨店，看着阿姨熟练地一只手用筷子头或者小竹签往馄饨皮上蘸馅儿，另一只手飞快地捏馄饨，那种节奏，那种协调，看的人会是一种享受。菜馃，有韭菜豆腐馅儿，拌了辣酱的腌菜豆腐馅儿，还有下霜后的青菜心馅儿，有时还有嫩北瓜馅儿。看着、听着菜馃烙在锅里呲呲地响着，恨不得一口吃一个。吃着汤里飘着葱花或者大头菜丁的馄饨，咬一口刚出锅的菜馃，那时心里想，这就是要为之奋斗的生活。

在排岭，记忆里最有豪爽感的是买一盘既当菜又是主食的肉丝炒面，再来碗黄酒。记得当时的大盘肉丝炒面是两三块钱一盘，小盘或普通的豆腐干炒面会便宜些，黄酒几毛钱一碗已记不太清。吃肉丝炒面，喝了黄酒，最清晰的记忆是，1982年高考完，把书卖了——如考不上大学，决计不再考，用仅有的卖书的钱请了一个同学到十字路口的淳安饭店（实为大食堂性质）吃饭。炒面下黄酒，很有点悲壮感。当然，一个多月后，因为要到千里之外的四川上学，还是在这个饭店，父亲应槐、堂哥学友，还有亲哥学平，买了两大盘炒面，也买了黄酒，在此道别。黄酒下肚，好男儿远行的滋味溢满心头。

油条泡豆浆，馄饨就菜馃，炒面下黄酒，是我对排岭的幸福的记忆，是荡漾心头一辈子的美味。尽管今天的千岛湖，名传四海的早已是千岛湖有机鱼头、笋干煲、清水湖虾三种特色佳肴，而我时常念想的却是生命里的三味珍馐，它们让我一生充满幸福感，享受在幸福实现的知足和随时的回味里——尽管今天的油条泡豆浆、馄饨就菜馃、炒面下黄酒，已很难再寻到记忆中的醇厚味道……

网友评论

▷ 子不语
    生活在千岛湖的我，已然品味不到这些小吃了。
    最好吃的是因为有小时候的美好记忆。

▷ 位卑未敢忘忧国
    恍若隔世，令我陷入到对于儿时的回忆当中……

▷ 欧阳斌
    活得有滋有味儿。有愿望，实现了它，于是，有满足，有回味。

▷ 西风飞马
    千岛湖的记忆，不错的小品文。

亲疼

30 生日如烟

　　一大早，收到很多年都在这一天第一个发短信朋友的祝福，尽管极少相聚。

　　生日如烟。从没有在这一天写过什么文字，如同从没有给父母过过生日，父母也从未给我们过过生日一样。父亲母亲一直不知道自己的生日，也不记得四个孩子具体哪天出生，加上那个年代曾经的贫穷，生日，在父母生命里一直比较陌生。

　　我第一次过生日，是上大学那年的9月10日，选那天过生日，完全是因为到公社迁户口时只有农历出生年份，办手续的同志给加了这么个日子。而在学校过生日，完全是找个借口，为了同寝室的男同学与同小组的女同学尽快熟悉。花生、瓜子、水果糖，好像还买了瓶葡萄酒，过了生命里第一个不是生日的生日。后来，因为记起母亲曾提起我的农历生日，查了百年历，才知道了阳历的1月10日是自己的生日，毕业后户籍资料作了统一。

　　生日于我，并没有太多的记忆。定格今天为生日，是大学三年级后。记得毕业那年，同寝室的同学和年级要好的哥们儿，带了花生、瓜子和酒，还有我们当时爱吃的花生沾，在学校边上的望江公园草地上，一起喝酒，一起制造那种微醉的感觉——微醉里憧憬，微醉里敞开心扉。你买点吃的，他带点熟食，记得有同学带着录音机，我们一起畅想未来。

生日是并不在意的形式，更多时候是朋友的惦念，是个由头。过生日，本身没有特别的感觉，但每长一岁，都会越加清晰地沉淀生命里的重要。想起曾经家里没猪肉过年，父亲把自家养的狗打死，为的是孩子们年夜饭能有荤菜；想起与同年伙伴砍柴的日子；想起母亲挑着梅干菜和米送我到码头坐船去县城读书的情形；想起高中读书时常去同学那儿吃肉熬的辣酱的时光；想起县城的同学首红用自家的油给炒梅干菜；想起上高中时家里房子烧掉后同村邻居的相助和同学们的帮助；想起母亲在老家手术的日子里同学和朋友的帮忙；想起这么多年在北京的经历尤其是长者的教诲和诸多朋友的抬爱、关照；想起每次回老家时同学好友的真情相伴；想起当我为从来没有给父母过过生日而愧疚时，母亲总是说"过什么生日，现在天天都跟生日一样"……

虽是每年的不经意，但夫人和孩子总是惦记我的生日，总是张罗。正是这一天，给了我与夫人相识的机缘——24年前的今天，一个周末，在曾经工作单位的办公室里，一位大姐带着一小姑娘参加一帮同时分到单位的同事参加的生日聚会。小姑娘用饭盒、电炉和不配套的锅碗瓢盆，麻利地为我们做了丰盛饭菜，当时便下决心要娶她为妻。那一天，我们以参差不齐的凳子，垫上报纸作为桌子，以大小不等的饭碗喝酒。

十二年一轮回，与本命年道别，倍加在意的是生命里感念的人和事。怀念故去的父亲。没有来世，如果有，一定查到父亲的生日——每年陪父亲喝酒，听他拉胡琴，让他讲做石磅的故事。依然无法知道母亲的准确生日，只有把老人健在的每一天当作生日一样珍重。

生日如烟，生命如歌。

网友评论

> 娟然尘外

简单一句"生日快乐！"包含很多说不出的感慨。祝安好，祝舒心，祝您的父母及妻儿也平安如意。

> 2010bjdx—liangli

生日是个符号，重要的是有朋友始终惦记并第一个送来祝福，感动ing。

> 南行大叔

王老师，生日快乐！在生日之际写下这样一篇博文，是给自己最好的纪念，因为无论在与不在，无论相聚多远，父母亲的心永远伴随着自己，是他们见证了孩子每一岁的长大。虽然没有蛋糕，没有蜡烛，但是有祝福，不曾道出，但深深地藏在心间。王老师之孝道，为我们之榜样。

> 徐贤悌

生日如烟，生命充满了友爱与精彩。

> kanjuan2011

王老师，生日快乐！这篇美文也是给自己和父母最好的生命礼物吧！

亲 情

31 人生中有多少个第一次的记忆，幸福感就会有多强

人生中有多少个第一次的记忆，幸福感就会有多强。

第一次追看汽车，是上世纪七十年代的某一天，和一帮小伙伴奔跑几里地到公社粮站，当时公社里来了第一辆带方向盘的东方红拖拉机。第一次见到火车，是连省会杭州也没去过，更不懂什么叫站台和中转签证啥意思的我，千里迢迢去四川上学，还没上火车就丢了火车票，好在听了母亲的嘱咐，有数的钱并没装在一个兜里，好说歹说上车后列车长特批，又买了一张学生票。

头一回吃蛋炒饭，是某一年春节在哥哥的同学家里。第一次吃苹果，是在水泥厂当工人的舅舅家。第一次痛快地吃了几根冰棍，是小学时到堂哥厂里。第一次，给父亲买酒，是大学暑假节约了菜票，从成都带的绿豆大曲。毕业后，第一次拿到工资58元我情不自禁笑了，那时起每月寄30元供弟弟在县城读高中。后来弟弟上大学，我的工资也涨到一百多元，便每月给他寄五十元。

无数个第一次，有的模糊在早已远去的时光里，有的却沉淀在记忆里越来越清晰。记忆里，父母第一次吵架，是因为家里不见了五元钱。父亲第一次把自家养的狗打死，权当年夜饭荤菜，是几十年前家里还是生产队的"缺粮户",没猪肉过年。这么多年,每一次过春节,我都会不由自主想起那年的情形,那种内心愧疚又渴望有肉过年的矛盾心理。后来条件好转,弟弟工作了我就直接给家里寄钱,再也没有发生过把自家的狗杀掉或者借猪肉过年的情形。当第一次给父母买皮鞋和保暖秋衣过年,父亲母亲脸上满是知足。

第一次用鸡蛋换盐;第一次在生产队里挣工分;山上开荒时第一次遇到塌方,糊里糊涂死里逃生;砍柴时第一次碰到蛇时的汗毛倒立;第一次拿到工资的兴奋;第一次有了自己的粮本去粮站买粮食的感觉。第一次吃富强粉;第一次吃到粉丝;第一次吃大鱼头⋯⋯

还记得第一次听到父亲拉胡琴自娱自乐,虽然不太成曲调。太多的第一次,常常因看似平淡的生活细节所搅动,无意识地撞进每天的感觉里。第一次,铭心在人生的记忆,不自觉地融连着每天的生活。

幸福,因第一次的回味而更真切。平淡,因无数第一次的记忆而变得传奇。我们,没有理由不珍惜每一天。每一天,都是此生不可复制的第一个,更是唯一一个今天。

网友评论

新浪手机网友

　　王老师的文字平实真切，对过去的生活的缅怀，让人感动，感到温暖。无数个勇敢的、难忘的第一次给了我们前进的勇气，没有第一次，就没有未来。

蓝一薰

　　人生有无数个第一次。且行且珍惜。

牡丹800927

　　读后感叹你对生活的记忆竟然如此清晰，也许我们也有让自己感动和怀念的第一次但是我们却并不能记忆如此之深，热爱并珍惜现有的生活，快乐一生！

William

　　每一个第一次，都可以独立扩展为一个故事；每一个独立成章的故事，都可以成为那个年代版画似的记忆。

smile

　　"幸福，因第一次的回味而更真切；平淡，因无数第一次的记忆而变得传奇……"人生就是由这很多个第一次串成幸福的回味。

32 往夕是何年

　　昨晚电话，问母亲知不知道自己哪年出生，母亲说"不识得（晓得），就识得属兔和虚岁73"。"身份证上有啊"，我对母亲说。"身份证在楼上收着呢，不识字也就没看过上面都写了什么"，母亲告诉我，知道她自己属兔，是几岁时跟着我外公去亲戚家，邻居说这小孩很像外公，外公高兴地说，"是啊，女儿也跟我属兔"。

　　母亲到今天只过过两回生日，两次都没有具体日子，都是我妹妹香兰为她过的。一次六十，一次七十，过的都是虚岁。两次都是妹妹按老家村里习俗，在下半年不太忙的某一天，剁二斤猪肉，买三斤面条，还给做了套衣服，去看母亲。在老家威坪，四十岁以上的乡亲，很少有过生日的记忆，老人们更是如此。上世纪九十年代以前，你很少听到村里谁谁谁家过生日，在那个吃饭都成问题的年代，生日，是父辈词库里很少出现的词汇。即便谁家有亲戚来祝小孩或大人生日，老家习惯也是逢十过一次（十岁、二十、三十岁、四十……），过的也都是虚岁——出生那年到当年的自然年数，而且没有固定的日期，常是亲戚在下半年选个不是农忙的日子，轧点面条、带上鸡蛋去看看。在农村实行户口本和身份证制度以前，公社统一的户籍资料登记本上，大多只有出生年份，少有月份和具体出生日子。我上大学到公社迁户口时，也只有农历出生年份，负责办手续的同志给加了个日子。因母亲曾数次提起我的农历生日，上大学时我查了百年历，才知道了自己准确的阳历出生日。

我从没给父亲母亲过过生日，老人也没有生日的概念，不知道自己具体哪天出生，与村里大多数老人的生日日期一样，身份证上的都该是办证时加上的。知道母亲属兔，是因为今年是兔年，春节回家准备给母亲买东西时，问了老人才知道我和母亲是一个属相。夫人给母亲买了本命年的吉祥物——红袜子、红短裤、红色保暖秋衣秋裤，母亲高兴地说，"从来没有这么讲究过"。当我为从来没有给父母过过生日而愧疚时，母亲说，"过什么生日，现在天天都跟生日一样"。

母亲不知道自己的生年，我只能用2011—72（周岁），知道了母亲出生在1939年，那个遥远而苦难的年代。我更无从知晓母亲的生日，只能以珍重老人有生之年的每一天，减少对母亲的愧疚。

网友评论

▶ 郁崇幽

母亲心里的日期只有自己的子女诞生日，那是她的受难日，也是她最幸福的日子。珍惜父母健在的每一个日子，因为他们每一天都在老去。

▶ 亚男

"过什么生日，现在天天都跟生日一样"……老人们都比我们惜福。

▶ William_VBM

父辈不一定记得"往夕是何年"，正如我们常常感叹"今夕是何年"一样。珍惜最可宝贵的，任时光流淌了去。

▶ 王栋

子曰："父母之年，不可不知也。"学武兄的文字里，流淌出的是发自心底的孝敬和牵挂。孝，生生不息。祝老人家健康长寿，快乐幸福。若有可能，多陪陪他们吧。

33 七旬母亲去上班

　　早晨上班路上，给母亲打电话，问吃饭没。母亲说吃了，路过小店时买了菜馃，这会儿已开始上班干手里活了。

　　母亲干了一辈子农活，从未在厂里上过班，碰到在外面上班的村里人回来，都称他们是"单位上的"，隐约之间能感觉母亲总有几分羡慕和神秘感。神秘的是他们能每个月按时发工资，每天都有收入，还固定时间上下班。羡慕的是，他们不像现在的农户都是各干各的。母亲干活从不说累，但对只需待在房子里面干活，天晴不晒下雨不淋的挣钱还是羡慕。母亲一辈子做农民，家里孩子多，父亲在世时身体又不太好，不识字的她，也就没机会体味"单位上"的感受。

　　从不敢忘怀父母的不易，也从未中断过给父亲母亲寄钱，从上班一个月只有几十元工资起。一是不希望父母为了钱着急，也不愿意他们再像过去那样种地种得很辛苦。父亲去世后，更不希望母亲再到地里干活累着，内心只希望母亲顶多在家门口田里种种菜吃，有点事做，活动活动。每天，我都要打两个电话，关心母亲的身体和生活。前几天重阳，托老家同村同学忠来帮买斤肉和一块豆腐，给从未过过重阳节的母亲送去。同学二话没说，放下手里的工作，买了肉和豆腐去我家。过了一个多小时，同学电我，"你母亲不在家"。他告诉说，母亲到我表弟开的小箱包厂去上班了。同学只好把肉和豆腐放在自己家冰箱，等晚上我母亲回家时去拿。

听到同学的话，我几乎傻了。母亲，虚岁您都73了，干吗这么想不通，累出个好歹咋办。压着心里的着急，问同学知不知道母亲做的活是否辛苦。同学说，活不苦，就是一帮老年人搭伴说说话，有点事干。还是不放心，直接电话母亲并让表弟接。表弟告诉我，这活适合老年人干，很自由，剪剪线头什么的，老人们慢慢做，也不催他们，愿意干到几点就几点，愿意几点来就几点来，随老人们自己的意。听了表弟的话，心里放心了许多。

问母亲，为啥悄悄去上班不告诉我。母亲说怕我生气，怕我说她。母亲讲起上班的情形，七八个老人来自好几个村，有六十多岁的，七十多岁的。还有一个老大姐都82了，儿女很出息很孝顺，也不缺钱，可老人就愿意有点事做。大家一起，边说话边干活，有趣、热闹，每天还能挣上十多元钱。我嘱咐母亲，别累着，累了起来站站，走走，多喝水。母亲说，厂里对他们没有太多的约束，其实就是大家一起玩的感觉，让我放心。

"厂子离家几里地，正好可以像你说的那样每天走走啊"，听我没有责备她，母亲声音里满是开心。母亲的话里，一种从未有过的"上班"的感觉，而我忽然觉得，儿女想得再周到、照顾再好，也没有老人自己找到的快乐更自在。

网友评论

▶ wangsongyun918

　　幸福的老人。因为儿女能够自食其力，嘘寒问暖，还因为儿女能理解和尊重他们的选择。

▶ 樱6626

　　温馨、温暖，想到了自己的妈妈，也是73岁了，在武汉哥家住着，说是找不到说话的人……好希望妈妈能像作者妈妈那样有一帮老哥老姐们聊天，说话。

▶ 嘀嗒

　　总是在微博里看到你的文字，看到你对母亲的关心，很让人感动，是一言一行、是一举一动的感动。老人老了，有工作的需要，有被需要的需要，这应该也是王奶奶爱去单位的缘由吧；有感情的需要的，虽然现在通讯发达，但是老人更需要面对面情感交流的对象吧。不和我们说是怕我们担心，不想给我们增加负担吧。

▶ 学虎在线

　　老人做点事，是个好事。动动脑子，动动手，都对老人很好。闲着，会闲出一身病。

34 守护中秋

从没有哪一年的中秋像今年这样不寻常。老家的友亲给病床的母亲送来了月饼，我们很想掰一小块给母亲，可母亲已吃不了。

月饼，是很多年前年少的我们的羡慕。记忆里的上世纪七十年代，供销社里卖的月饼一毛钱一个，一筒10个，一般是条件上好的人家串门时才能买一筒，我们好像从没有自己买过月饼。更多的时候是亲戚串门时带来两分钱一个的雪饼，也是一筒10个，形状类似现在的旺旺雪饼，但味道要纯甜、厚实和酥松得多。有时，我们挑麦秆去码头或翻山越岭去卖，母亲也会奖励我们一筒雪饼。当然，难得的也能吃上五分钱一个的麻饼，五毛钱一筒，但一筒十个是舍不得一次拿出给我们吃的。吃上雪饼、麻饼，已属过节般的开心，常是母亲对我们干活勤快且是干重活挣了少许现钱的奖励。那种中间盖了红印的月饼，于我们只是奢望的份儿。难得吃上月饼，一定不是母亲给买的。

没吃过母亲买的月饼，这么多年却从未忘却过母亲自制月饼的味香。土制的月饼，老家威坪话叫"油箩粉馃"。母亲用黄豆炒熟，磨成豆沙，加点红糖（没有红糖时用糖精）做馅儿。面是用赤粉（比标准粉还要黑些）和的，少许菜油和在面里，然后将豆沙馅包在揉成比手掌略小的一个个圆形馃里，再贴在大柴锅里慢慢烤熟。母亲自制的月饼，虽没有店里买的一毛钱一个的漂亮，但柴锅里烤着"油箩粉馃"，会满屋飘香。闻着香味，我们很想馋馋地吃上两个，可母亲却从未让我们吃痛快过，更多时候是让我们兄妹一人半个——那个贫穷年代，美味多是用于撑门面或走亲戚用的。

月饼，曾是那个时代美好生活的标识之一，也是年少的我们的美味向往。随着生活条件的改善，父母也不像以前那样视月饼为宝贝，但依然是我心里的美味。这么多年在北京，我曾数次用漂亮的铁皮点心盒，塞满月饼和其他点心，快件寄给老家的父亲母亲。父亲几次说，"嗯，太甜了，以后别寄了"，那意思是不太喜欢吃。可我还是乐此不疲，很有些将自己心里的美味记忆强加于父母的意思。

买得起雪饼、麻饼，曾是年少时的理想。买得起月饼，更是曾经的年代未曾言说但珍藏于心的闻得到看得见的奋斗目标。所以，很多年，只要到中秋，不管父亲母亲喜不喜欢吃月饼，我都会电话里问他们是否买了月饼，我也想方设法让父母有月饼吃，哪怕他们一人吃半个都会甜到我心底，这样的感觉会幸福我很多天。

买月饼的享受远远大于吃月饼，"欲加之甜何况无饼"的感受，幸福着这么多年的中秋，但今年的中秋，于我们兄妹四个既温馨又难过。温馨的是，兄妹四个可以团聚在母亲身边，妹妹还采了一把桂花放在老人病床边，母亲说桂花的味道如花露水。我们多么期望母亲能像以前一样闻着村里的桂花香,吃着我们捎去的月饼。难过的是,重病的母亲已经吃不下一口月饼,母亲的生命已经时日不多。

守望中秋,很想很想掰一小块月饼给母亲吃,可这已经成了我们的奢望,病危的母亲多日不能吃东西,重病正在吞噬顽强的母亲的生命。我们把月饼放在床前,却比任何时候都怀念母亲自制月饼的情形,那种艰辛岁月却满心飘香的幸福,回味在我们的心头。

月饼是母亲病床前的团圆。祈福,母亲平安度过这个中秋。守护母亲,守护团圆……

网友评论

▷ cy阳伞

　　文中写到的雪饼、麻饼和盖着红印的月饼,唤醒了我沉睡多年的记忆,一篇读下来,只有心酸。祝愿老人家安康!

▷ yyjjnn

　　盖着红印的月饼让我想起了年少时的中秋,父辈们真的不容易。祝愿老人家安康!中秋快乐!

▷ 新浪网友

　　这样的守护虽有一丝苦涩,但却充满温馨,愿团聚的亲情能减轻老人的痛苦,元月带去平安的祈祷!

35 流动的年夜饭

亲疼

城里过年，常会为在哪儿吃年夜饭，年夜饭吃什么而纠结，但这么多年，沉淀在心对过年的回味，是老家安川曾经的习俗——流动的年夜饭。

在老家，除夕晚上的年夜饭就叫年饭。不论你家里条件多困难，生活多拮据，过年，在每个人的脸上都会满是灿烂。过年的元素，进入腊月中旬你就能感受得到。小年后，各家便开始做油馍、豆腐。油馍是用江米粉和面粉和在一起，揪成一个个小剂子，再揉成圆球压成小圆饼坯，用菜油炸。豆腐呢，最早是用石磨磨浸泡过的黄豆，一般需要磨大半天，后来村里有了加工厂便省了许多工夫。用泉水做的豆腐口感特别，多吃也不太会胀肚。留出过年吃的白豆腐后，大部分都炸成油豆腐。父亲通常会在灶上放上先炸好的豆腐和油馍，再点根香，祭了灶爷。炸出的豆腐金灿灿的，特发特好吃。年三十头两天，家家户户还会做很多很多包子（馒头）、白米馍（用模子印制）、靓梳馍（形状像老式梳子，里面是韭菜豆腐或腌菜豆腐为馅儿），以备正月里亲友来时很快可以招待。熬米粉羹，里面有梅干菜、豆腐干、黄花、松蘑等。

过年元素的重头，是年成好时杀猪。剁好的猪肉抹上盐后腌上，用石头压着。过年的另一番忙碌，是家家户户自制米花糖。把米泡好后炒熟，条件好的家庭让爆米花师傅帮着爆，但自己炒的米花要更瓷实。做米花糖用的糖浆，是各家自己熬制的番薯糖，有的家庭用小麦熬糖。父亲特别愿意帮人做米花糖，因为热糖要掌握火候。父亲似乎很有经验，糖和米花倒进榨圈（木制的方形模子）后，快快搅匀，并用木凳匀匀地去砸，砸好后用菜刀切成一片片，整齐码放在大缸里。米花糖是正月里家家户户待客时的必备之物，一般会吃到来年三月份，既待客又可以当地里干活回来的点心吃。

除了杀猪、做米花糖、蒸包子、白米馍和靓梳馍以及炸油馍、豆腐，年元素的重中之重，是上坟祭祖。老家习俗，母亲一般不跟我们上坟，而是在忙着准备年饭。年饭做熟前，孩子们依着大人的吩咐，洗了脚，剪了指甲，换上新袜子，穿上新衣服，还有母亲用无数个夜晚纳鞋底给一家人缝制的新布鞋，如果鞋面是灯芯绒的，孩子们会更加开心。

一直到上世纪九十年代初，每年的年三十，大概下午四点就能听到村里各家在叫人吃年饭。那个时候，我们是爷爷伯伯叔叔堂兄家转着吃，这家刚吃二十分钟，那家就来叫了。虽然都贫穷，但家家都把平时舍不得吃的摆上，一个晚上要去吃四五家。有的家里是自制的米酒，奶奶喜欢烧酒，我们就去给奶奶打点散酒。父亲母亲总是愿意把辛苦了一年的年成，体现在年饭里。虽然家里很艰辛，但母亲总能把一桌菜做得香喷喷，即使在自家没有猪肉，想办法借猪肉过年的年景里，对来年的憧憬依然在年夜饭里彰显。

平安一年就是幸福，家和三百六十五天便是快乐。相逢一作揖，相聚一杯酒，祝福在相互的微笑里，感念在彼此握手时。这些年，爷爷奶奶们不在了，大伯和父亲也离开了我们，过年的不少习俗在生活变好的今天淡化，但杀猪，做油馍、豆腐，做包子、白米馃、靓梳馃，做米花糖，煮米粉羹，上坟回来后洗脚换新袜子、新鞋，穿新衣服，初一清晨放鞭炮早早开门等过年元素，一直是甜蜜在心里的回味，而流动的年夜饭，是记忆中最深刻的一幕。

流动的年夜饭，流淌的是亲情，动人的是那份真诚。

网友评论

2010bjdx—liangli

过年的形式因地域不同而各有特色，但过年时亲人团聚、友人相聚的亲情和温暖是永恒的。

600300

为了工作，这个春节要在北京驻守，过年的感觉很淡很淡，就想歇歇。王老师的文章，总是让人回忆起美好的旧时光！

南行大叔

很多年味都留在记忆中了，不知道如今的孩子在未来的岁月重拾记忆，与吾辈相比，又有哪般不同。但是我敢说，我们那代人，乃至我们的前辈更切实了解过年的味道。在我记忆中，过年要做新衣服，穿新鞋子。奶奶会做米糕、汤圆，豆沙馅儿都是自制的，远胜于现在店里买的。过年很热闹，从小年夜起，亲戚朋友们都会来串门，一直到正月，天天都很热闹。如今这年味着实淡了，淡到一顿饭的功夫。见此文，勾起回忆，在此祝王老师和家人新年快乐，身体健康！

老可

拜赏美文，感念切切。逝者如斯，虽已物是人非，但过年过节的习俗却是依然。每逢节时，情到至深处，挥之不去的，乃是不尽的流年追思……何叹质朴随风去？！何咏温暖岁寒来？！和谐着人情世故，欣赏着你方唱罢我登场的各种景致……闲人垂钓，若能钓得佳肴，拥一壶好酒，虽蓑蓬笠翁寒舍，醉酒醉心，不妨也是过个好年。读王先生的文章，聊有所感，是以为记。在此祝王先生和家人新年快乐，万事如意！

雨杭时间

年是家人团聚的日子，各地年俗虽然不同，却都寓意着对新一年好日子的憧憬和对中华民族传统亲情的传承。在年味儿越来越淡的今天，读这样的文字，津津有味。

36 亲疼

　　"我死不怕，怕痛——这个病痛得吃不消"，听到从不主动说哪儿不舒服的母亲，疼痛缓解时平静地说这番话，心如刀绞，期望能从心理上传递给母亲抵抗病魔的力量。

　　一个多月前，母亲左腿骨裂、脚踝扭伤，卧床静养一个多月后，虽不能走路，但已能扶床下地，能扶着墙挪几步，我们兄妹为母亲的康复有进展而欣慰，但母亲总觉得肚子痛，以为又是胃病。不识字的母亲和大多数农村老人一样，不太清楚哪儿是肝、哪儿是脾，更不清楚还有个胰腺，只要肚子不舒服，就会让村里的"赤脚医生"——现在已转成专职的乡村医生，给开点助消化之类的胃药，疼痛缓解后，也就以为没啥事了。这一次，母亲8月3日住院后，依然以为自己只是胃病，做了胃镜、B超等，发现肝上有腹水，但胃里没大事，只是有点炎症，肝功能也没啥大问题，但用药后的母亲依然觉得腹部疼痛难忍。8月7日腹水化验和增强性CT的结果出来，专家会诊，母亲情况不好，胰腺和肝问题严重。得知母亲病情时脑袋一下子发蒙，但还是极为理智，跟医生商量治疗方案，并迅速咨询北京的专家。鉴于母亲的病情，专家会诊方案核心两条——缺什么补什么，关键是增强免疫力；尽最大可能减缓疼痛。

"现代医学目前还无法治愈这个病，得这个病会很痛，痛得让人无法忍受，而你母亲体质很差……"，负责给母亲治疗的专家和北京的专家朋友观点一致地说，可赶回老家的我，依然希望母亲自己树立信心，期望坚强的母亲能再次创造奇迹。十年前，母亲患严重的腰椎间盘突出症，几乎只能借助凳子爬着走路，强行让母亲做了手术，卧床半年后，康复得很好，这些年不仅生活自理、照顾父亲，还能下地种菜种粮食。这一次，期望母亲还能靠自己的意志创造奇迹。问医生，得这个病有没有出现奇迹的。医生说也有，有病人曾带病灶生活了两三年。

期望母亲因信心而自己创造奇迹，但在不识字的母亲的词库里没有"信心"和"奇迹"这样的词汇。在母亲床边，不能告诉病情的全部，但又必须说明病情的严重性。悄悄跟母亲说，"你不光是胃炎，还有很重的胰腺炎，肚子里有很多细菌，需要几个月逼退它，而能不能逼退，一半在药，一半在你自己"。母亲病

痛减缓、精神见好时，我以聊天口吻跟母亲平静地说话。想找到老家威坪话里"信心"和"奇迹"的同义词来鼓励母亲。"你自己感觉好不好得起来？"我装作若无其事地问母亲，"从今天起感觉好得起来，这么多人关心我，好不了对不起大家，我还想多看看你们，多享几天福"，母亲以肯定的口气回答。"如果你自己认为能好得起来，就一定能好起来"，我以此作为"信心"的同义，用"自己争气就会逼退细菌"阐释"奇迹"，并捏捏母亲瘦弱的胳膊，鼓励病床上的母亲加油。

母亲在，心有方向。十多年来，我养成了每天给父母打两个电话的习惯。无论在北京还是出差，给父母打电话后，心会放松，会踏实一整天。上下班路上，早晚给老人打两个电话，会让父母觉得你每天都跟他们在一起。两年前父亲去世，我就每天给母亲电话，接电话已成了母亲生活里的重要内容。为宽慰母亲，在母亲肚子不太痛时，病房里给母亲听为她而写的文字。不识字的母亲一辈子没看过儿子写的东西，不会想到电话里母子相忆的太多往事，成了博文的主要内容。艰辛岁月养育我们的恩惠，不仅是文字里的至重，更是流淌在我血脉的生命滋养。我特意从北京背回了电脑，看着《中国之声》主持人朗诵《母亲，随身手机唯接听》的视频，母亲说，那么小的事情都记得啊。

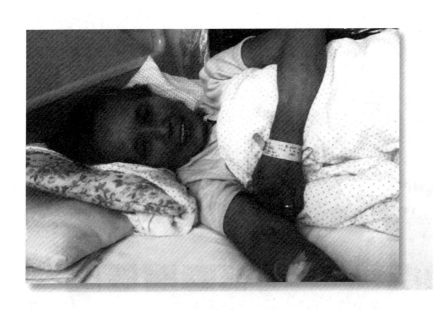

看得出，母亲听懂了博文里的绝大部分内容，当我把《中国之声》主持人朗诵的《父亲，一生最倔是担当》博文的视频放给她看时，母亲很静很静，眼角却流出了不易察觉的泪水……与母亲一起静听电台主持人朗诵的博文，心回曾经的日子。母亲住院后，我从没有如此强烈地想把博文编辑成册。于我，不是简单出书或送给母亲一份礼物，而是表达对母亲的敬重。博文太多文字，不仅源于难忘的记忆，更缘于常常在电话里与母亲聊往事。有些事母亲记得更清晰，有些我比母亲更清楚。

亲疼

母亲不知，没有父亲母亲的恩惠，没有一次又一次的电话共同说起往事，就没有我的博文。母亲一辈子连我上学的成绩单都未曾看过，但母亲能听出文字里的亲情。聪慧的母亲，一辈子不会讲大道理，我在《母亲，苦乐乾坤》曾经这么记述母亲的品格，"极少听母亲说生活的苦，即便在温饱都得不到保障的岁月。听母亲说起以前的不易，也是因为老人感慨现在的幸福。母亲一直抱定日子会好起来、生活会好起来的信念，因为信念坚持，影响并改善着全家的生活，也决定了我的命运"。如此记录母亲对我的养育之情，"坚持养了近二十年的母猪、同意我务农后重新上学、白手重建家园，三件大事，缩影母亲的苦乐年华，但在我心里，更觉得是母亲内心的乾坤。再苦的日子也没改变母亲的信念——日子总会好起来的，虽然母亲连

'信念'二字都不会写"。

　　母亲，听电台主持人朗诵出这两个寻常的字时，忽然感觉是如此的有分量。母亲于我，是生命的延续。于我的女儿，是亲情的延伸。当下半年上大四的女儿把暑假里打工（调研）挣的640元钱中的500元给奶奶（剩下100多元她要请爸爸妈妈吃饭），并让奶奶病好了自己买点好吃的时，母亲的眼睛里，母亲的脸上，洋溢幸福。我和妹妹不敢在病床上的母亲面前流眼泪，尽管妹妹和我时常在电话里说不下去话。这些日子，很多同学、朋友来看望母亲。母亲虽病痛在身，但能感觉出母亲心里被尊重的幸福。

　　看着母亲在病床上能喝一点点面汤，我们会无比地开心；看着母亲承受痛苦，又深感无助。亲情无华，孝顺并无来世。亲，是血脉，更是至近；疼，是至亲承受病痛，又是母亲一生对我们的心疼。亲，是流淌于心脉的生命滋养，更是血脉相连；疼，是揪心，更是至亲间心疼的交互，血脉之情的呵护。亲疼，生命里的至亲至疼之重！祈福，母亲能创造生命的奇迹；祈福，母亲疼痛减轻些……

网友评论

▷ **新浪网友**

　　字里行间，不仅看到了老太太的坚强，也看到了你的坚强，相信你们的坚强能创造奇迹！让我们一起来祈祷奇迹的出现！

▷ **艾素**

　　瞬间泪流。如果说母亲孕育生命的疼，是一种信念的幸福，面对自己的疼，是一种亲人的依恋。学武，你是幸福的！因为母亲的依恋。珍惜这种彻骨的亲疼。

▷ **协和抒扬**

　　亲，是流淌于心脉的生命滋养，更是血脉相连。疼，是揪心，更是至亲间心疼的交互，是血脉之情的呵护。亲疼，生命里的至亲至爱之重。祈福，生命的奇迹，祈福，疼减轻些……

▷ **孤独守望的灯塔**

　　血脉相连的、至亲至爱的亲疼，催人泪下！揪心……祈祷、祝福！！

后 记

　　不敢写后记。因得知母亲患重病而涌起的把亲情博文集成册子的强烈愿望，是沉淀在心的对母亲的敬重。忐忑的，是这份敬重能否给病痛折磨着的母亲带去几分欣慰、减轻几分疼痛，树立与病魔抗争的信心。更让我紧张的，老天能否眷顾这本关于父亲母亲的小册子，以最快的速度在母亲不多的时日里出版，让病床上不识字的母亲闻到关于自己的墨香。

　　母亲与父亲一样，未读过一天书，连孩子的成绩单也看不明白，搞不懂语文数学与物理化学有什么区别，但是，当母亲在病房听到中央人民广播电台主持人朗诵我为父亲母亲写的文字时，老人声音很轻地说，"那么小的事都还记得"。那个时刻，能感受出母亲沉浸在往事的回忆，对曾经的生活艰辛的感念。

　　书在父母眼里是神圣的，当靠读书到外面工作的孩子给他们打电话时，父亲母亲的心里充满幸福。母亲不会想到，很多很多次电话里相聊的往事，不仅是我们共同的记忆，后来成了博文的重要内容。没有无数次电话里的相聊，不会有这么多亲情文字。博文集很多文字，都是我和父亲母亲的聊天记录。

　　我于2011年10月开始写心情博文，亲情、真情、乡情，是文字里的不经意，反思孝顺、孝敬、孝道，是文字里的不自觉。母亲，是滴水之恩谨记在心的坚强而善良的威坪女人，也是千千万万个任劳任怨草根母亲中的一个。从孩子那儿，母亲要的太少太少，只希望孩子过得好，自己能做到的事从不麻烦孩子，也从不主动说哪儿不舒服。母亲，只要我们打打电话，你寄多少钱都没关系，只要心里想到他们。天冷时，寄去保暖秋衣保暖秋裤以及软和的棉皮靴，会温暖母亲的心。天热时，你寄去的夏装，又会凉爽老人每一个夏日。寄多少钱，母亲都会舍不得花，总是认为孩子过日子也不容易。

腿伤未愈的母亲8月3日住院，三天后查出患胰腺癌晚期，我们兄妹都不敢相信这是真的，但所有的检查诊断结果互证，我们必须面对事实。当医生告诉说这个病会疼痛难忍时，我们不敢告诉母亲实情，要强一辈子的母亲在用药后暂时麻木了疼痛时，还是相信自己一定能好起来。母亲对每一个医护人员都报以感激和微笑。即使没力气说话，也会躺着向他们摆摆手。在她眼里，听医生和护士的话会让自己好得快些。

母亲的疼痛频度在增加，疼痛程度也越来越无法承受。昨晚，医生不得不开始用强止痛药杜冷丁。"确实疼得吃不消，咬牙也不管用"，今天早晨我赶到母亲床前时，老人孩子般无助地说，眼泪顺着母亲眼角流下。在母亲面前控制不住眼泪的我，一只手紧握母亲的手，一只手轻轻捏着母亲变瘦的胳膊，"我知道，我知道，这回你受罪了"。第一次与母亲对流眼泪，我对母亲说，"不哭，不哭，哭一下就可以了"，"会好起来的"——其实我知道这只是内心的祈愿。"减缓疼痛也是奇迹"，成了这几天为母亲最实际的祈福。

趴在母亲的耳边，悄悄告诉老人，我写的关于父亲母亲的文章将在两个月内出书，还会有电台主持人朗诵给她听，母亲点了点头。告诉母亲，是最有名的北京大学的出版社出版时，老人似懂非懂地眨了眨眼……

感谢北大出版社的理解、抬爱和鼎力支持，感激出版社理解不请名人作序的想法。感激出版社邀请中央人民广播电台《中国之声》主持人姚科朗诵数篇博文。姚科老师是我敬重的以声音赋予文字生命、以真挚让心灵的柔软充满力量的主持人。

感激一成、抒扬等好友对博文成册的真情帮助。

母亲住院后，老家淳安县中医院为母亲的治疗作出了积极努力。感谢蔡栋伟主任、何菊娟护士长等医护人员对母亲尽心照顾和心理安慰，你们还在支持母亲与病魔抗争。首红、建华、美仙、毓民、东晓、胡敏、志光、春晖、志刚、建平、宇福、徐晓、灵强、来龙、发平、立新、海卫、晓红、国富、丽萍、文田、建军、建民、国栋、树忠、青木、文晶等诸多同学、好友、博友，关心母亲的病情。友亲的牵念，让务了一辈子农的母亲感受了一个普通母亲的体面和尊严，病中感受被关爱的幸福。

写多少文字，也不是母亲的全部。在母亲的病房不能写太长的文字，此书结尾，谨以父亲和母亲的名字作为博文集《后记》的记后：

父亲：王应槐 生于1935年，2010年6月18日辞世。职业：务农。特长：做石磅。文化：不识字。性格特点：倔强。

母亲：钱初花 生于1939年，仍在与病魔抗争。职业：务农。特长：勤俭、干农活。文化：不识字。性格特点：要强、坚忍。

唯愿《亲疼》早日出版，唯愿母亲能看到因她而写的文字出版。

2012年8月26日于母亲病房

补记

母亲走了，带着对亲情的不舍，对生命的留恋。与病魔进行了两个月的顽强抗争后，2012年10月2日10：20，母亲永远地离开了我们。对不起，母亲，我们没能拉住你的手，原谅我们的不孝。母亲，走好，天堂里不再有疼痛……

感激母亲，忍着剧痛给了我们时间，在病房让我们兄妹四个一起度过生命里最后一个有母亲的中秋。

没有悼词，没有哀乐，唯有在墓前播放母亲重病后中国之声主持人姚科朗诵的为母亲写的博文《母亲，苦乐乾坤》、《孝顺，并无来世》，感念母亲一辈子的不易，感激母亲一生为我们的付出。

母亲未能等到博文集的正式出版，但在病房看到了出版社加班赶制的样书，听到了姚科朗诵的《亲疼》（节选）的音频。我们把样书和朗诵光盘、母亲生前喜爱的手机等，一起敬放进母亲的墓里，让母亲带到天堂。

母亲不在，家便是老家。乡情在，亲情在，真情在，老家还是心家……

亲疼，是至亲给我们一生的感念。疼亲，却是我们时常对至亲的疏忽。

走好，母亲！

前行，活着的我们！

2012年10月10日于北京